L'AUTRE SAISON
LOUISE SIMARD
ROMAN

Couverture et conception graphique : Maude Vallières
Photo de la couverture : Evgeni Evgeniev
Révision et correction : Corinne De Vailly, Sylvie Lallier et Élaine Parisien

Dépôts légaux : 3ᵉ trimestre 2018
Bibliothèque et Archives nationales du Québec
Bibliothèque et Archives Canada

Les Éditions Goélette bénéficient du soutien financier de la SODEC
pour son programme d'aide à l'édition et à la promotion.

Nous remercions le gouvernement du Québec de l'aide financière accordée
par l'entremise du Programme de crédit d'impôt pour l'édition de livres,
administré par la SODEC.

Canadä

Nous reconnaissons l'aide financière du gouvernement du Canada par l'entremise
du Fonds du livre du Canada (FLC) pour nos activités d'édition.
We acknowledge the financial support of the Government of Canada through
the Canada Book Fund (CBF) for our publishing activities.

 Membre de l'Association nationale des éditeurs de livres

Imprimé au Canada

ISBN : 978-2-89690-960-5

LOUISE SIMARD

L'autre saison

Les Éditions
Goélette

Chapitre 1

Petit lundi de septembre au ciel couvert. Le soleil, qu'on devine derrière les nuages, n'arrive pas à percer le voile blanchâtre. Depuis des jours, le temps hésite, perd son temps en fausses promesses et amorces ratées. Si on le laisse faire, il réussira à répandre aux alentours une apathie généralisée dont il sera difficile de s'extirper. L'automne engourdit l'atmosphère, bien avant son heure.

— Viens donc avec moi ! Allez ! Je te promets que ce sera agréable !

Depuis trente minutes, Marie harcèle son mari pour qu'il l'accompagne à la cueillette des champignons, un loisir qu'elle a découvert deux ans auparavant et qu'elle pratique avec de plus en plus de plaisir et de sérieux. Son mari, qu'elle n'a pas réussi à convertir à ce nouveau passe-temps malgré ses nombreuses tentatives, se fait prier. Il a d'autres projets pour la journée et ne veut rien y changer.

— J'avais prévu aller au gym. C'est la journée idéale. Cette grisaille ne me plaît pas du tout. Je préfère rester à l'intérieur.

— Tu as le reste de ta vie pour aller suer sur ces machines ! Les champignons, eux, auront disparu sous la neige dans quelques semaines. D'ailleurs, il est peut-être déjà trop tard. Il se peut que je ne trouve rien d'intéressant, mais je veux quand même tenter ma chance.

— Je ne te comprends plus ! Tu n'as pas cessé de me répéter que je devais faire de l'exercice pour perdre ma bedaine. Maintenant que je suis à la retraite et que je veux m'entraîner, tu essaies constamment de me faire renoncer à mes bonnes résolutions ! Il faudrait te faire une idée.

— Qu'est-ce que tu racontes là ? Tu dis vraiment n'importe quoi ! C'est la première fois que je te demande de changer tes plans. J'ai vraiment envie d'aller aux champignons avant la fin de la saison et je n'aime pas trop me rendre là-bas toute seule, tu le sais bien.

— Demande à ton amie Francine. Elle adore ces tournées dans les bois. Elle ne refusera pas de t'accompagner, j'en suis convaincu.

— Je n'avais pas le goût d'être avec Francine, je voulais y aller avec toi. Mais bon, si ça ne t'intéresse pas... Ça va, laisse tomber.

Marie est déçue et elle ne le cache pas, même si elle sait que son mari n'a pas tort.

Depuis qu'il a cessé de travailler, Julien s'est en effet donné la mission de retrouver une forme qu'il avait perdue à force de rester assis derrière son bureau, à préparer des dossiers ou à participer à d'interminables conférences téléphoniques. Il ne se levait souvent que pour aller se rasseoir quelques minutes plus tard au restaurant, en compagnie d'un collègue ou d'un client. D'ailleurs, il a raison sur un point. Marie s'est souvent moquée de son ventre rebondi, avec, à l'occasion, une pointe de sarcasme qui ne lui a pas échappé. L'orgueil piqué au vif, il a décidé d'en finir avec cet embonpoint et il est aujourd'hui sur la bonne voie. Pas surprenant qu'il ne veuille pas déroger à la règle qu'il s'est imposée.

Marie devrait le comprendre et ne pas insister, mais cette journée grise, si elle la passe à l'intérieur, entre quatre murs, finira par lui donner le cafard. Depuis des jours, elle est confinée à la maison, à cause d'un sale virus. Seule une randonnée en forêt la sauvera de la morosité ambiante. Maintenant qu'elle va mieux, elle a un besoin pressant de grand air. Elle aime la pluie, certes, mais seulement quand celle-ci se présente davantage comme une complice que comme une contrainte. Elle refuse d'être esclave de la météo. D'une certaine façon, c'est son petit acte de révolte personnel, un acte de résistance, et elle s'en permet trop peu. Alors, pas question de renoncer!

— D'accord, concède-t-elle pourtant en surmontant sa frustration. Je vais trouver quelqu'un d'autre pour m'accompagner.

— Tu n'es pas fâchée?

— Mais non, tu as bien le droit de choisir tes activités. Je comprends...

En dépit de sa bonne volonté, son attitude et le ton qu'elle a employé trahissent sa contrariété. Julien veut la prendre dans ses bras pour signer la paix et clore la discussion, mais elle lui tourne le dos et s'active à rassembler ce dont elle aura besoin. Son mari soupire et lève les yeux au ciel. Cette femme, avec qui il est marié depuis plus de quarante ans, a parfois des réactions enfantines qui lui rappellent leurs premiers émois, alors qu'ils n'étaient que des adolescents en amour avec l'amour. N'empêche, il se sent un peu coupable. Marie a raison: l'endroit où elle compte se rendre n'est pas tout à fait sécuritaire pour une femme seule, du moins en semaine, quand les randonneurs habituels sont au travail ou à l'école.

Pendant un quart de seconde, le nouveau retraité pense renoncer à sa séance d'exercice et accompagner sa femme, mais une pulsion irrésistible l'en empêche. Impossible pour lui d'agir autrement, quelles qu'en soient les conséquences. Il doit se rendre au gym ce matin, sans faute, et il ne peut absolument pas expliquer à Marie pourquoi un tel sentiment d'urgence l'habite. Elle ne comprendrait pas.

— Je peux t'aider à te préparer? offre-t-il avec une gentillesse un peu forcée. Je peux aller chercher Francine, si tu veux. Ça t'évitera le détour.

Marie serait tentée de se laisser toucher par cette amabilité soudaine, mais elle ne le montre pas. Elle est frustrée et Julien doit s'en apercevoir. Tant mieux s'il éprouve de la culpabilité! Elle ne lui demandait pas grand-chose, après tout. Une petite marche en forêt... Ce n'est pas à son habitude de refuser une telle proposition, au contraire. Il a toujours été partant pour une activité en plein air.

Marie ne peut s'empêcher de penser que son homme semble préoccupé, distant, depuis quelque temps. Sans doute a-t-il du mal à s'adapter à sa nouvelle vie. C'est du moins ce qu'elle en a déduit, même si Julien, toujours aussi secret, ne se livre pas et ne lui a donc fait aucune confidence. Après avoir travaillé plus de cinquante heures par semaine pendant de si nombreuses années, rien de surprenant à ce qu'il soit quelque peu désorienté devant tout ce temps libre qui lui est soudainement octroyé. Marie le comprend, mais l'attitude évasive de son mari, ces derniers jours, lui laisse tout de même un goût amer.

— Non, ça va, répond-elle plus sèchement qu'elle ne l'aurait voulu. Je vais me débrouiller.

Julien ne réplique pas. Cela risquerait d'envenimer les choses. L'atmosphère est déjà assez tendue, inutile d'en rajouter.

— D'accord, tu fais comme tu veux. Je ne devrais pas revenir tard. À tantôt ! Bonne cueillette !

Marie le laisse partir sans le saluer en retour, entretenant ainsi le malaise.

Sans qu'elle puisse en identifier la cause, dès qu'elle entend la portière se refermer et le moteur gronder, des larmes lui montent aux yeux. Une profonde tristesse l'assaille, qu'elle rejette aussitôt.

— Je suis trop bête, murmure-t-elle en soupirant. Pourquoi cette mesquinerie ? Après toutes ces années de vie commune, vais-je devenir une de ces femmes accaparantes qui ne laissent pas respirer leur vieux conjoint ? Une mégère qu'on montre du doigt en plaignant le pauvre mari ?

Pour chasser ce cafard soudain et inexpliqué, cette lourdeur qui l'envahit, elle s'empresse de téléphoner à son amie Francine.

Celle-ci lui répond d'une voix éteinte. Ça ne va guère mieux de ce côté-là.

— Tu n'es pas malade, j'espère ? lui demande Marie, inquiète.

— Non, non, pas du tout. J'ai juste mal dormi.

— Moi qui voulais t'inviter à une randonnée aux champignons...

— Je regrette, pas aujourd'hui. Je ne suis pas assez en forme. Je vais plutôt me recoucher.

— Pourtant, le grand air te ferait du bien, insiste Marie.

— Je ne crois pas, non. On se reprendra...

Allant d'une déception à une autre, la cueilleuse de champignons se demande pendant quelques secondes si elle ne devrait pas renoncer à cette sortie, hasardeuse sur tous les plans. Une marche en ville, au bord de la rivière, ferait peut-être l'affaire et satisferait son envie d'être dehors, au vent de septembre qui embaume l'humidité et la promesse de pluie. Toutefois, abandonner ses plans à cause d'une crainte probablement infondée la met en colère. Du plus loin qu'elle se souvienne, elle a exploré sans peur les forêts des alentours, le plus souvent seule. Pourquoi la soixantaine mettrait-elle un frein à ses expéditions ? Elle n'a mal nulle part. Elle peut encore courir, escalader des montagnes, répondre du tac au tac aux importuns. Alors, qu'est-ce qu'elle attend ?

— Tant pis ! J'y vais ! Et ce sera une journée magnifique ! lance-t-elle aux murs de la maison qui lui semblent de plus en plus rapprochés.

En remplissant son sac à dos, elle songe soudain à son frère. Sans être particulièrement passionné par les champignons – ni par la nature en général d'ailleurs, tant s'en faut –, Michel a tout de même démontré un certain intérêt pour cette activité la dernière fois qu'ils en ont parlé. Ils n'ont rien fait ensemble depuis un bon bout de temps. Ce serait formidable de passer un moment entre frère et sœur. S'il était disponible, ce serait l'occasion parfaite.

Marie reprend donc son cellulaire et compose le numéro de Michel en se croisant les doigts.

— Non, je ne pourrai pas, lui répond laconiquement son cadet, sans même la laisser aller au bout de sa proposition.

Il lui semble distrait, plongé dans quelque réflexion dont il ne lui parlera pas. Inutile d'insister.

— Tu vas bien ? demande néanmoins Marie.

— Oui...

Il a hésité avant de répondre. La puce à l'oreille, la grande sœur veut être rassurée.

— Tu me le dirais si quelque chose n'allait pas, n'est-ce pas ?

Encore là, une brève hésitation.

— Bien sûr.

Cette fois, le ton recelait un certain agacement, presque de l'agressivité.

Marie devra se contenter de cette réponse. Elle connaît trop son frère, et sa légendaire irritabilité, pour oser le pousser jusque dans ses retranchements. Ce serait une grave erreur qu'elle ne commettra pas.

C'est donc décidé. Puisque personne n'est disponible, elle ira seule cueillir les chanterelles. Juste à imaginer ces belles coupoles jaunes, disséminées ici et là dans le sous-bois, la mycologue amateur salive. Elle invente déjà des recettes succulentes, et ses peurs s'évanouissent.

Elle démarre donc le cœur en joie, bien résolue à ne pas se laisser influencer par ces trouble-fête qui ne comprennent rien aux petits bonheurs de la vie. Septembre ne va pas à tout le monde, songe-t-elle. De son côté, elle trouve un charme indéniable à la pluie. Ces petites journées grises, sur lesquelles flotte une aura de mystère, lui plaisent, surtout quand rien n'est définitif et que l'heure qui suit demeure imprévisible. Tout est dans la manière. On ne peut pas contrôler la pluie, mais on peut s'en faire une complice plutôt qu'une ennemie.

Elle roule depuis environ quinze minutes lorsqu'elle se surprend à penser à Régis Nantel, un mycologue expérimenté. Elle s'est inscrite à l'un de ses cours, l'année précédente, et ils se sont bien entendus tous les deux. Assez pour faire quelques sorties ensemble. Marie n'a pas grand-chose en commun avec cet homme dans la jeune quarantaine, professeur à l'université, qui n'hésite pas à fustiger politiciens, gens d'affaires, banquiers, policiers, bref, quiconque représente de près ou de loin une forme d'autorité. Par contre, elle le trouve amusant dans sa révolte continuelle, à laquelle il greffe ici et là quelques traits d'humour pour détendre l'atmosphère. « Je suis un chialeux professionnel », lui a-t-il répété à plusieurs reprises, histoire sans doute de ne pas l'effrayer avec ses montées de lait, aussi intenses qu'inattendues. Ils ne s'étaient pas revus depuis la saison dernière, mais ils se sont rencontrés par hasard il y a quelques jours et ils se sont promis d'aller aux champignons ensemble, sans toutefois fixer de date précise. Marie en a d'ailleurs profité pour lui faire part d'un projet qu'elle caresse depuis quelque temps au sujet des champignons, et pour lequel elle aurait peut-être besoin de son aide. Régis Nantel lui a répondu plutôt vaguement et elle a cru saisir à travers sa réserve qu'il ne voulait pas s'engager. Bien sûr, Marie comprend ses réticences – en vérité, ils se connaissent à peine –, mais elle est convaincue qu'il pourrait lui être de bon conseil dans son entreprise un peu folle et elle entend bien le relancer. Une sortie aux chanterelles serait l'occasion idéale pour lui reparler de son projet. Sans insister, évidemment. Elle n'est pas du genre à s'imposer.

Après s'être rangée sur l'accotement, elle cherche son numéro de téléphone et l'appelle. Il lui répond d'une voix pâteuse, comme s'il sortait du lit.

Marie lui explique quelle est sa destination. Elle donne le plus de détails possible afin de le mettre en appétit et de l'inciter à l'accompagner. Elle lui reparle également de son projet d'écriture dont elle aimerait bien jaser avec lui. Son interlocuteur la laisse raconter sans l'interrompre, puis demande des précisions, pour finalement décliner l'invitation. Il le fait d'ailleurs d'une manière assez cavalière qui étonne son ancienne élève.

Préoccupée, Marie y repense encore pendant quelques minutes après avoir repris le volant, mais plus elle se rapproche du bois de chanterelles, plus ses pensées s'éclaircissent. Son esprit se débarrasse de tout le reste pour se concentrer sur les heures de plaisir qui l'attendent.

Chapitre 2

La grisaille et l'incertitude ont refroidi les randonneurs. En tout cas, il n'y a pas une seule auto dans le petit espace de stationnement, en bordure de la route.

Marie empoigne son sac à dos, plus lourd que nécessaire comme c'est souvent le cas, et elle ouvre la portière avec enthousiasme. La montagne lui appartient ! Le soleil a beau ne pas être de la partie, il ne pleut toujours pas. La journée est prometteuse. Marie respire un grand coup. Le silence est total. Puis une motocyclette vrombit sur la route, et le bruit retentissant donne le signal du départ.

Chargée comme un mulet, la randonneuse s'engage dans le sentier étroit et pentu qui mène au premier sommet. Il s'agit, en réalité, d'une colline, mais la montée exige un certain effort. Marie avance avec prudence et lenteur pour ne pas se fatiguer outre mesure, ce qui lui permet d'observer les alentours tout en se déplaçant. La forêt est encore humide de la pluie des derniers jours. En marcheuse aguerrie, elle contourne avec agilité quelques flaques de boue où elle risquerait de glisser. De temps en temps, elle s'arrête et s'imprègne de cette nature apaisante. Le bois sent bon les feuilles mouillées et l'humus. La brise tiède chasse les moustiques. Marie est maintenant convaincue qu'elle a bien fait de venir sans attendre personne. Elle aurait raté cette magnifique journée pendant laquelle, elle en est persuadée, il ne tombera pas la moindre goutte de pluie. L'air est trop pur, trop léger, trop libre pour que les nuages viennent gâcher ses plans. Il ne pleuvra pas avant la nuit.

Sans hésiter, la cueilleuse passionnée suit le sentier principal, puis, à peu près à mi-montagne, elle s'engage dans une sente à peine tracée, où bien peu de gens sont passés. Elle pourrait sembler perdue, mais, au contraire, elle sait très bien où elle va. L'année précédente, elle a découvert ce passage par hasard, de même que le trésor auquel il mène. L'itinéraire est gravé dans sa mémoire pour toujours.

Ravie d'être là, Marie arpente ce sentier secret avec bonheur. Perpendiculaire à la voie principale, il redescend vers la vallée et aboutit dans un ancien pâturage. De vieilles clôtures s'y trouvent encore, retenues par des barbelés rouillés et distendus qui valsent entre les piquets, inoffensifs.

En chemin, elle ramasse quelques cèpes et les dépose avec pré-caution dans le sac qu'elle a apporté à cet effet, puis elle poursuit sa quête jusqu'à ce qu'elle distingue, en plissant les yeux, de petits points jaunes qui éclaircissent le sol. Des pépites d'or qu'un bon génie se serait amusé à éparpiller dans l'herbe encore verte.

– Les chanterelles ! s'exclame-t-elle en regardant aussitôt autour d'elle au cas où quelqu'un l'aurait entendue.

Mais non, elle est toute seule. Fin seule avec les champignons, les oiseaux, le vent, et cette odeur de terre qui embaume. Et ses pensées heureuses qui lui donnent des ailes. Toute seule avec elle-même, un luxe qu'elle devrait s'offrir plus souvent, pense-t-elle.

Quelques secondes plus tard, assise par terre au milieu de son trésor, elle étale ses outils et contenants et commence la cueillette de façon méthodique et respectueuse. La chance lui a souri. Il est tard dans la saison et elle ne se faisait pas trop d'illusions. Elle aurait pu revenir bredouille à la maison, avec pour seuls butins un bol de grand air et le souvenir d'une belle randonnée. Elle s'en serait contentée, d'ailleurs, mais elle se félicite d'avoir cru en sa bonne étoile.

Parfois, un bruit suspect la fait sursauter, mais rien d'inquiétant ne bouge aux alentours. Ici et là, des feuilles voltigent dans la brise avant de se déposer au sol ou sur de vieilles souches, jonchant le sous-bois d'une belle couleur ocre. Des écureuils s'activent, redoublant d'ardeur pour accumuler leurs provisions d'hiver. Un pic martèle un érable géant et en extirpe les insectes. Insatiable, il reprend son manège encore et encore.

Rassurée par ces bruits familiers, Marie poursuit sa cueillette. Elle s'applique avec lenteur, désireuse de prolonger ce moment de grâce. Au bout du compte, la solitude lui convient. Tout est bien qui finit bien. Julien a eu raison de refuser de l'accompagner. Sans le savoir, il lui a rendu service. Elle avait besoin, en effet, de cet instant de recueillement, de méditation. Depuis que son mari est à la retraite, il lui est plus difficile de se retrouver seule. Cette présence continuelle commence à lui peser, car elle n'y est guère habituée. En plus de lui imposer un emploi du temps extrêmement chargé, le travail de Julien l'a souvent obligé à voyager. Marie s'est ainsi retrouvée seule plus souvent qu'à son tour et elle a dû s'en accommoder. Débrouillarde et inventive, elle a su combler cette solitude de différentes façons, une solitude apprivoisée au fil des années et qui lui manque depuis quelque temps. Sa carrière de traductrice lui a permis de travailler à la maison, dont elle a peu à peu fait son royaume. Maintenant que Julien ne part plus chaque matin, à la même heure, il lui apparaît parfois comme un intrus, qu'elle n'a pas le droit de chasser, bien sûr, ni le désir d'ailleurs, mais qui s'impose de plus en plus et envahit ce qu'elle a toujours considéré comme son domaine.

Marie soupire. Elle ne veut penser à rien d'autre qu'au moment présent, à l'indicible bonheur de se marier avec la nature, dans un silence habité que la chouette vient hanter de son cri, reconnaissable entre tous. Il résonne dans la forêt, à quelques reprises, et des passereaux, inquiets, se déplacent de branche en branche.

En levant la tête, Marie aperçoit une sittelle et quelques mésanges qui avertissent leurs congénères d'un danger potentiel. Une minute plus tard, le silence revient, plus dense et plus riche.

Son panier est presque rempli et la cueilleuse se désole de ne pouvoir en apporter davantage. La pensée des réserves qu'elle se fera, de ces beaux champignons séchés qui viendront enjoliver son hiver, la réjouit pourtant.

— Il faut bien en laisser pour les autres, marmonne-t-elle en s'étirant, bien consciente cependant que peu de gens connaissent cet endroit en dehors des sentiers battus.

Les champignons qu'elle n'aura pas récoltés pourriront sans doute sur place. Un beau gaspillage, songe-t-elle en ajoutant un dernier spécimen dans son panier, puis encore un autre, puis le dernier des derniers.

Elle s'étend ensuite sur le dos et observe la course des nuages à travers la futaie. Le décor change à chaque seconde. Des effilochures se forment et se déforment. Le ciel passe du gris au noir puis au blanc, au gré de la brise. Se créent parfois des oasis bleutées par où s'échappent des rais de lumière, et soudain le sous-bois s'éclaircit, le soleil s'empare du jour, le réanime. Puis un nuage plombé de pluie vient de nouveau obscurcir la forêt.

Marie ferait bien une sieste dans cette atmosphère feutrée et changeante, mais il lui tarde de faire sécher ses chanterelles. Elle ne voudrait pas en gaspiller une seule. De plus, l'humidité a commencé à pénétrer ses vêtements, ce qui devient un peu inconfortable.

Après s'être brossé l'arrière-train pour en dégager les feuilles mortes et les brindilles qui s'y étaient accrochées, elle prend son panier à deux mains et s'apprête à repartir lorsqu'un bruit attire son attention. Un craquement trop important pour venir d'un écureuil. Elle se retourne, craintive, et aperçoit un cerf qui s'enfuit au plus profond de la forêt. Elle lui a sans doute fait peur en se levant. Tant qu'elle ne bougeait pas, il n'avait pas flairé sa présence, mais le mouvement l'a effrayé.

Marie constate que son cœur bat plus vite. Elle a eu peur autant que le cerf. Soudain, la forêt lui paraît moins hospitalière, plus sombre, à la fois trop silencieuse et trop bruyante. Elle avait d'abord pensé laisser son panier à l'abri et monter jusqu'au magnifique point de vue, d'où l'on aperçoit le lac et son île, bordés de montagnes. Or, cet incident l'a décontenancée. Elle préfère rentrer. La magie est rompue.

Empruntant le discret chemin de traverse, elle s'empresse donc vers le sentier principal.

Elle a parcouru une courte distance lorsqu'un bruit la surprend de nouveau. Cette fois, il ne s'agit pas d'un cerf. Elle croit entendre des voix humaines, mais ça pourrait aussi bien être le vent qui s'est levé et fait bruisser les feuilles des arbres. Il lui semble aussi avoir entendu un aboiement, mais il pourrait bien s'agir d'un geai bleu qui crie au loin. Ses sens la trompent. La peur qui vient de l'envahir fausse son jugement. Elle a beau se sermonner, sa belle sérénité a disparu. Il est vraiment temps de rentrer avant que son imagination s'emballe. De toute façon, du travail l'attend. La cueillette ne sera pas terminée tant que les champignons n'auront pas été mis à sécher.

Elle se hâte donc et retrouve la sécurité de son auto avec soulagement.

Sur le chemin du retour, la cueilleuse se concentre sur l'odeur capiteuse qui émane de son panier, posé sur la banquette arrière. Quel parfum! Ça sent l'humus, l'automne, la terre humide. Parfois, elle porte ses mains à son visage pour les renifler, et bien vite elle oublie le petit moment de frayeur qui l'a déstabilisée. Son esprit créatif l'entraîne souvent sur des voies tortueuses et glissantes et elle doit rester vigilante pour ne pas se laisser emporter trop loin dans le fantasme. Un peu de réalisme n'a jamais fait de mal à personne. Elle se le répète sans cesse, même si elle finit presque toujours par succomber à la folle du logis. Et la plupart du temps, avec délice.

C'est en se moquant de son penchant pour la fabulation, et le cœur en joie, qu'elle arrive à destination.

La maison est vide. Julien n'est pas revenu du gymnase.

L'absence de son mari ne la surprend pas, car il aime manger au restaurant après avoir fait de l'exercice. Un petit caprice qu'il s'offre de temps en temps en solitaire, puisqu'elle-même n'apprécie guère ce genre de sortie. À son avis, les restaurants sentent et goûtent l'ennui. Elle préfère de beaucoup manger chez elle, dehors autant que possible, près de son lac, en écoutant le chant des oiseaux. Son mari et ses amies la traitent gentiment d'ermite, et ils ont bien raison.

Mettant à profit ce moment de solitude, elle se met à l'ouvrage.

Le téléphone sonne quelques minutes plus tard, mais Marie a les mains trop sales pour répondre. Sans doute Julien qui lui annonce qu'il ne rentrera pas tout de suite. Tant mieux ! Elle a ce qu'il faut pour savourer cette solitude qui lui manque tellement !

Une fois les champignons mis à sécher, elle se confectionne un de ces sandwichs à trois étages qu'elle ira déguster à l'extérieur pendant que les rayons du soleil, bien que rares et inefficaces, réchauffent le patio. Et pour dessert, un bol rempli de fruits nappés de crème glacée.

Marie se presse pour ne rien rater des derniers rais de chaleur. Tel que prévu, la pluie annoncée tarde à venir. Le soleil perce à travers les nuages de plus en plus blancs. Une magnifique journée, au bout du compte. Un mois de septembre estival. Tout va pour le mieux.

Chapitre 3

Depuis trois jours, des champignons sont au menu chez les Gadouas-Leclerc. Ce soir encore, Marie et Julien ont dégusté une délicieuse omelette aux chanterelles. Après avoir rangé la cuisine, ils se préparent à passer une soirée tranquille. Depuis plusieurs semaines, ils se promettent de regarder un documentaire sur les oiseaux qu'ils ont enregistré, mais le temps leur a manqué. De plus, il faisait beaucoup trop beau pour s'asseoir devant la télévision. Ce soir, une petite pluie discrète crée une ambiance propice au *cocooning*. La nuit s'installe de plus en plus tôt, chassant le jour qui s'éloigne sur la pointe des pieds, s'étirant comme un chat jusqu'à la dernière parcelle de lumière.

Marie s'enveloppe dans un jeté de flanelle pendant que Julien s'empare de la télécommande du téléviseur et tente de récupérer le film qu'ils ont enregistré il y a un mois environ. Évidemment, il se trompe, se promène entre les différents postes, appuie sur les mauvais boutons. Marie s'impatiente. Et ça se termine comme à l'accoutumée. Julien lance l'engin infernal qui semble ne jamais vouloir répondre à ses désirs et Marie le saisit au vol en soupirant.

— Si tu brises la télécommande, ça n'arrangera rien, grogne-t-elle.

Elle ne veut pas laisser cet incident ridicule gâcher leur soirée. Julien est facilement exaspéré depuis quelque temps, comme s'il avait épuisé ses réserves de bonhomie et de tolérance. Une fois de plus, Marie met cela sur le compte de la retraite. Si elle a encore besoin de s'adapter à cette nouvelle vie à deux, il en va sûrement de même pour son mari, bien qu'il n'en parle jamais. Julien n'a pas l'habitude de s'étendre sur ses états d'âme. Au contraire, il faut lui arracher chaque confidence avec la même énergie que si on lui extrayait une dent. Il suffit en effet que Marie tente d'engager la conversation sur des sujets un tantinet introspectifs pour que son homme se rebiffe et cherche la moindre ouverture par où s'échapper. Après de nombreuses années de mariage, elle a tranquillement renoncé à ces dialogues dont elle aurait parfois tant besoin, mais que Julien considère comme autant de pièges. Par chance, Marie a quelques amies précieuses avec lesquelles elle peut échanger pendant des heures, quand le temps et la distance qui les sépare leur en donnent l'occasion.

– Attends un peu avant de commencer le film ! lance Julien. Je vais faire du *pop-corn*. On se croira au cinéma.

Marie sourit. Son mari regrette déjà son geste maladroit. Il veut réparer.

– D'accord, dit-elle. C'est une bonne idée.

L'orage est passé. En attendant que Julien revienne, Marie coupe le son du téléviseur, puis elle ferme les yeux et relaxe pendant que son mari fouille dans l'armoire. Quelques minutes plus tard, une bonne odeur emplit la maison.

Revenu au salon, Julien doit lui toucher l'épaule pour la ramener sur terre, tellement elle a fait le vide autour d'elle pour profiter de ce moment de calme.

En prenant à deux mains l'immense bol que lui tend Julien, Marie jette un regard distrait sur le téléviseur, où des images sont diffusées en continu, des images de prime abord incompréhensibles, puis de plus en plus criantes de vérité.

Marie ne peut détacher son regard de ces photos horribles qui lui lèvent le cœur. Elle a soudain l'impression que sa maison est soufflée par un vent mauvais. Une tornade l'empoigne, la secoue et lui donne le vertige.

— Tu ne te sens pas bien? lui demande son mari, inquiet de la voir pâlir et chercher son souffle sans raison apparente. Tu as un malaise?

Marie met quelques secondes à répondre, car les sons lui parviennent avec un certain délai. En désignant le téléviseur de l'index, elle bafouille des mots inintelligibles qui plongent son compagnon dans l'incompréhension la plus totale.

— Je ne comprends rien à ce que tu dis! s'exclame-t-il. Tu m'inquiètes de plus en plus. On dirait que tu fais un AVC. Est-ce que je dois appeler quelqu'un?

Marie fixe toujours le téléviseur, la main levée, mais déjà les images ont disparu, remplacées par d'autres : des chevaux, puis un pont, des enfants qui dansent, un carrousel. Elle a peut-être rêvé... Sans doute a-t-elle somnolé à son insu. Ce qu'elle a vu ne peut pas être réel. De toute façon, le mirage n'a duré qu'un instant, trop peu de temps pour s'ancrer dans la réalité.

— Ce n'est rien, murmure-t-elle, la voix éraillée par l'émoi. J'ai eu l'impression de reconnaître quelqu'un, mais c'était une erreur.

Du moins l'espère-t-elle, encore tiraillée par le doute malgré son calme apparent.

Éprouvant de la difficulté à se concentrer sur le documentaire, elle laisse les images, pourtant magnifiques, se déployer sous ses yeux sans y prêter une réelle attention. Une autre scène prend toute la place dans son cerveau, une séquence entraperçue pendant quelques secondes et dont elle n'arrive plus à se débarrasser.

Une fois le film terminé et le *pop-corn* avalé sans plaisir ni appétit, juste pour donner le change, Marie est tentée de se précipiter dans son lit pour s'endormir au plus vite. Elle craint de revoir ce qui l'a tant bouleversée. Lorsque Julien s'empare de la télécommande pour trouver le poste des nouvelles, elle a envie de crier : « Non ! Ne fais pas ça ! Je ne veux pas savoir ! Je ne veux pas revoir ces images ! »

Pourtant, elles sont là de nouveau et, cette fois, elle ne peut pas s'enfuir, même pas en pensée. Le monde concret, la réalité des faits lui sautent aux yeux – à la gorge, plutôt.

– C'est Régis, marmonne-t-elle.

– Qui ? Tu connais cet homme ?

– C'est Régis, répète-t-elle, comme si ces simples mots expliquaient son désarroi.

– Je devrais le connaître aussi ?

Le ton de Julien est si banal, presque désintéressé, que Marie en conçoit un certain espoir. Cela n'est pas si grave, au fond. Son mari ne s'inquiète pas. Personne ne s'émeut. La voix du commentateur reste neutre.

– J'ai suivi son cours sur les champignons l'année passée, tu ne te rappelles pas ? Régis Nantel. Je t'en avais parlé.

Julien hausse les épaules et secoue la tête.

Non, il ne se rappelle pas. Il pourrait même jurer que sa femme n'a jamais mentionné ce nom.

– Il est mort ? C'est ce qu'ils disent ? demande-t-il en se tournant vers le téléviseur pour en savoir davantage.

Trop tard. Le lecteur de nouvelles est déjà passé à autre chose, un autre drame, une autre histoire.

– On dirait bien, marmonne Marie. Je pense qu'il a été retrouvé en bas d'une falaise. Je n'ai pas tout saisi.

Sans trop savoir pourquoi, elle cache à Julien sa conversation de la veille avec Régis Nantel. Un frisson la parcourt. Elle a cru comprendre que la falaise en question était celle où elle avait renoncé à aller après avoir cueilli les chanterelles. Cela la trouble au plus haut point et le silence lui semble alors le meilleur remède à sa confusion. Ce que l'on tait risque de disparaître. Du moins, elle voudrait y croire. Or, au contraire, la voix de Régis résonne sans cesse dans ses oreilles, amplifiée ; chaque syllabe se détache des autres, autonome, dotée de vie. Lui reviennent en mémoire l'intonation, l'intensité, un double sens qui lui avait échappé. On dirait une de ces vieilles rengaines qui ne veut plus vous lâcher, qui tourne en boucle dans votre tête. Marie pourrait répéter avec exactitude chacun des mots qu'ils ont échangés, Régis et elle. Tout à coup, les silences, les hésitations s'imposent. Leur conversation prend une tournure différente, se transforme en énigme. Un secret se cache derrière chaque phrase qui a été prononcée, un secret qu'elle n'arrive pas à découvrir.

Mal à l'aise, Marie s'excuse auprès de Julien.

Elle va aller dormir dans la chambre d'amis.

— Cette histoire m'a bouleversée, explique-t-elle. Je suis certaine que je ne fermerai pas l'œil de la nuit. Je risque de te réveiller.

Son mari insiste pour la garder auprès de lui. Il n'aime pas la voir ainsi.

— Si tu veux en parler, tu sais que ça ne me dérange pas de mal dormir. Ce n'est pas bon pour toi de rester seule. Tu es toute chavirée, je le vois bien.

— Non, je t'assure. J'ai besoin de quelques heures pour absorber cette nouvelle, mais ça ira mieux demain, j'en suis certaine.

— Je n'en doute pas. Dans le fond, tu le connaissais à peine, ce Régis. Tu as été prise de court, voilà tout. Ça fait un choc, ce genre de nouvelles.

Marie marmonne son assentiment, puis elle se retire dans la chambre d'invités et se pelotonne sous les couvertures. Elle ferme les yeux en espérant trouver le sommeil, mais après quelques secondes, elle sait déjà qu'elle ne dormira pas. Le visage de Régis et sa voix vont la hanter, c'est pire que le pire des cauchemars. Sans trop comprendre ce qui peut causer cette impression étrange, totalement irrationnelle, elle a le sentiment d'être responsable de sa mort, et cette culpabilité diffuse, sans fondement mais grandissante à mesure que s'égrènent les heures, l'obsède.

Chapitre 4

Il fallut trois jours aux autorités policières pour remonter jusqu'à elle. Depuis la première seconde, lorsqu'elle a aperçu le visage de Régis Nantel à l'écran, Marie redoute cet instant. Elle n'a rien à se reprocher, mais à la vue des enquêteurs, un homme et une femme, campés derrière la porte moustiquaire, elle a tout de suite envie de plaider coupable. Elle a beau s'en défendre et tourner tout cela dans sa tête depuis des jours, il n'en reste pas moins que la présence de Régis sur cette falaise ne tenait pas du hasard. Le doute n'est pas possible. Il était venu la retrouver, attiré par la promesse qu'elle lui avait faite de remplir son panier de chanterelles. Regrettant d'avoir décliné son invitation, il avait décidé de lui faire une surprise. C'est la seule explication plausible. Alors, sans ce coup de téléphone fatidique, Régis Nantel serait chez lui aujourd'hui, en train de lire un ouvrage sur les champignons en réfléchissant à sa prochaine sortie. La responsabilité de Marie s'arrête là, bien sûr, à cette invitation impromptue, et on ne la mettra pas en prison parce qu'elle a demandé à une connaissance d'aller cueillir des chanterelles, mais elle n'arrive pas à s'enlever de l'esprit le rôle involontaire qu'elle a joué dans la mort de Régis. Elle a forcé le destin ; elle lui a donné une occasion de frapper, et elle s'en veut.

Heureusement, Julien s'est absenté. Il a profité de cette magnifique journée pour se balader à vélo. Marie pourra raconter ce qu'elle sait aux enquêteurs sans avoir à expliquer quoi que ce soit à son mari. Une fois que les policiers auront quitté la maison, elle pourra tourner la page sur ce malheureux accident et ne plus en reparler, jamais.

Malgré son embarras, il lui tarde donc d'en finir avec cette entrevue qui s'annonce difficile et remplie d'émotions. Elle ne pleurera pas, elle s'en fait la promesse. Elle tentera d'être le plus clair possible pour ensuite oublier très vite cette histoire qui lui pèse. Elle espère même que les policiers la réconforteront et la soulageront de ce sentiment de culpabilité qui lui noue la gorge.

Pendant que l'homme et la femme s'assoient, elle hésite entre l'envie de leur offrir un café et le désir de se débarrasser d'eux en quelques phrases. À vrai dire, elle ignore l'attitude à adopter en de telles circonstances. Doit-elle être polie, les recevoir comme des invités, ou plutôt distante, détachée ? Elle a lu beaucoup de romans policiers et vu de nombreux films mettant en vedette des enquêteurs comme ceux-là, mais sa culture dans le domaine s'arrête là.

Devinant son malaise, la femme l'invite elle-même à s'asseoir d'un geste de la main.

— Nous ne vous dérangerons pas longtemps, dit-elle. Nous avons seulement quelques questions à vous poser.

Loin de l'apaiser, ce ton affable trouble Marie. Il cache une montagne de non-dits et de mauvaises intentions qui ne lui échappent pas. Ces personnes veulent savoir. Elles sont en chasse, et le peu qu'elle a à leur apprendre ne les satisfera sûrement pas.

— Vous avez sans doute deviné la raison de notre présence chez vous, commence l'homme avec une moue qui pourrait être à la fois de gentillesse et de roublardise.

Marie réalise alors qu'ils ont décliné leur fonction sans se nommer, ce qui lui paraît plutôt inhabituel. Soudain prise d'un doute – qui sont-ils exactement ? – elle réagit avec une précipitation qui ne lui est pas coutumière, surtout en présence d'étrangers.

– Pourrais-je connaître vos noms ? demande-t-elle.

La femme s'excuse.

– Veuillez nous pardonner cette distraction inadmissible. Je vous présente mon collègue, André Gravel. Et je suis Viviane Labonté.

Trop énervée, Marie ne retient pas les noms, mais la sincérité qui émane de cette femme la touche. Celle-ci s'est d'ailleurs avancée sur son siège et elle la regarde maintenant avec un sourire.

– Ne vous inquiétez pas, dit-elle. Nous souhaitons recueillir de simples informations. C'est une démarche que nous devons faire et qui ne vous engage à rien.

Marie hoche la tête et attend.

L'enquêteur Gravel, la partie masculine de cet étrange duo, prend la parole à son tour.

Marie n'écoute qu'à moitié, car elle sait déjà ce qu'ils veulent entendre. D'une question à l'autre, elle explique qu'elle est allée cueillir des champignons. Ils insistent pour connaître l'heure exacte de son départ, celle de son retour. Quand a-t-elle appelé monsieur Nantel ? Pourquoi ? Que lui a-t-il répondu ?

– Non, je ne l'ai pas vu dans la montagne, insiste Marie après qu'on lui a posé la question plus d'une fois.

– Vous en êtes bien certaine ? insiste l'enquêteur Gravel, comme s'il voulait absolument la prendre en défaut, l'obliger à se rétracter.

– Absolument ! lui répond Marie en le regardant droit dans les yeux.

– Pourquoi croyez-vous qu'il se soit rendu dans le boisé après vous avoir dit qu'il ne pouvait pas vous y rejoindre ?

– Je l'ignore. Il aura sans doute changé d'idée et il a préféré me faire une surprise. Je ne sais pas, je ne sais vraiment pas.

– Et il ne vous a pas appelée pour vous prévenir de son arrivée ?

– Non.

— Pouvons-nous voir votre téléphone ?

— Bien sûr.

Une fois les vérifications faites, les deux enquêteurs la remercient de sa collaboration et quittent les lieux, laissant derrière eux une odeur trouble. Ils ne sont pas encore montés dans leur auto que Marie a déjà sorti les chiffons et les produits nettoyants. Elle a besoin de faire un grand ménage. Elle ne veut plus sentir ce parfum âcre de suspicion qui lui soulève le cœur. Sa maison empeste le mal, la mort, la peur. Car elle a peur maintenant. Cette histoire est trop insensée. Pourquoi Régis s'est-il trouvé sur cette montagne en même temps qu'elle, alors qu'il lui avait bien dit ne pas pouvoir venir, et sur un ton sans équivoque ? Pourquoi ne l'a-t-il pas appelée ? Juste pour vérifier si elle était toujours là... Et que peut-il bien lui être arrivé ? Comment a-t-il pu dégringoler en bas de la falaise ? Marie fréquente cet endroit depuis des années et il ne lui est jamais rien arrivé de fâcheux. De surcroît, elle n'a jamais entendu dire que quelqu'un s'y soit blessé, aucun adulte, aucun enfant. Et pourtant, les petits sont nombreux à emprunter ce sentier en compagnie de leurs parents.

Ce mystère insoluble lui donne mal à la tête. Et peut-être un peu l'eau de Javel qu'elle a utilisée pour nettoyer les lavabos et qui répand son odeur dans toute la cuisine. Malgré ses efforts, la saleté persiste. Elle a passé son chiffon partout, mais une puanteur dont elle n'arrive pas à trouver la source s'est incrustée dans son nez et dans son cerveau.

— Je dois m'aérer l'esprit ! lance-t-elle à voix haute.

Il lui faut en effet cesser de ressasser cette histoire en cherchant un sens à la mort de Régis Nantel. Les enquêteurs vont faire leur travail et l'énigme sera bientôt résolue. Un peu de patience sera sans doute nécessaire, mais la police finira par faire la lumière sur ce drame. Il doit bien y avoir une explication logique. Pour l'instant, Marie aimerait surtout se libérer du sentiment de culpabilité qui l'habite. En parler à Julien l'aiderait beaucoup, mais elle craint sa réaction. Il pourrait croire qu'elle était intéressée à poursuivre une relation avec Régis. De plus, elle ne le sent pas très empathique envers le défunt et il aura davantage tendance à se moquer d'elle qu'à compatir. Elle le connaît bien.

Marie soupire en enfilant son manteau. Les scénarios qui se bousculent dans sa tête sont tous plus insensés les uns que les autres. Une bonne marche lui remettra les idées en place.

Dès qu'elle met les pieds à l'extérieur, elle croise des regards réprobateurs. La ville au complet est donc au courant de sa mésaventure ! Au début, elle sourit aux gens qu'elle rencontre, puis, devant leur attitude distante, elle préfère baisser la tête et poursuivre son chemin sans fixer personne dans les yeux.

Sans avoir vraiment profité de la promenade, elle arrive très vite au parc de son quartier qu'elle fréquente depuis de nombreuses années, et le plus souvent possible. Déjà, elle entend la mésange bicolore qui volette autour des mangeoires en lançant un petit cri discret. Ce son familier lui arrache un sourire, et lorsqu'elle lève la tête pour chercher le petit oiseau, elle croise quelques regards qui lui semblent soudain plus cordiaux. On lui sourit, en effet. Mieux encore, quelques personnes la saluent, les yeux pétillants.

Peut-être, au fond, a-t-elle imaginé les œillades accusatrices de tout à l'heure. Pendant un bref moment, elle a cru que le monde entier tournait autour de son propre émoi, alors qu'il n'en était rien. La vie continue. Sans se préoccuper de son tourment, les gens déambulent au milieu du décor féerique que leur offre l'automne. Les arbres se colorent doucement, sans précipitation, comme s'ils disposaient de plusieurs saisons pour étaler leur spectaculaire beauté. Ils se préparent pour l'ultime représentation et déjà il émane d'eux une lumière joyeuse. Le soleil caresse les feuillages, semant ici et là des taches d'orangé et de jaune, encore discrètes mais ravissantes.

Marie s'engage dans le long sentier bordé d'arbres plus que centenaires. Peu à peu, elle retrouve un semblant de sérénité.

Le vent bruisse dans les feuilles. Les bruits de la ville s'estompent. Un pas après l'autre, elle réussit à libérer son esprit des pensées noires qui l'habitaient. De grandes et profondes respirations dénouent les tensions qui s'étaient accumulées dans ses épaules et son cou.

Une heure plus tard, elle rentre chez elle rassérénée, triste de cette mort inattendue, toujours perplexe devant les événements, mais plus calme, plus confiante, un tantinet plus légère.

Chapitre 5

Le lendemain matin, alors qu'elle a mis des heures à s'endormir et prévoyait faire la grasse matinée, la sonnerie du téléphone la réveille à neuf heures tapantes. Elle répond, la voix ensommeillée, et doit aussitôt affronter la colère et l'indignation de son amie Francine.

— Qu'as-tu fait? lui demande celle-ci, le ton accusateur, déjà prête à la déclarer coupable.

— Que veux-tu dire? De quoi parles-tu?

— J'ai reçu une visite très déplaisante, ce matin. Deux enquêteurs de police! Je n'ai jamais eu affaire à la police de ma vie, et voilà que je me fais réveiller par deux enquêteurs qui me demandent où j'étais tel jour, telle heure, avec qui, ce que je faisais! Un vrai cauchemar! Ils savaient que tu m'avais appelée. C'est de cette manière qu'ils sont remontés jusqu'à moi. Qu'est-ce qui se passe pour l'amour du ciel? C'est toi qui leur as parlé de moi? Pourquoi m'as-tu impliquée dans tes histoires? Je ne sais pas ce que tu as fait ou ce que tu n'as pas fait, j'ignore pourquoi tu as mentionné mon nom à ces policiers, mais je ne veux plus jamais avoir affaire à eux! Tu m'entends? Je ne rigole pas!

Étourdie par ce déluge verbal, à peine réveillée et la vue brouillée, Marie cligne des yeux à quelques reprises. Avant de répondre, elle scrute l'horizon qui se frappe aux murs de sa chambre. Elle voudrait s'enfuir, mais ne trouve pas d'issue.

— Tu m'entends ? répète son amie sans décolérer. Je compte sur toi pour qu'une telle chose ne se reproduise plus jamais ! Je n'en reviens juste pas !

Elle exige des précisions que Marie ne peut pas lui fournir, car elle-même n'y comprend rien.

— Je n'ai jamais mentionné ton nom. Du moins, je ne crois pas. Ils l'ont trouvé en fouillant dans mon cellulaire, réfléchit-elle tout haut, en espérant que cette explication sommaire calmera son interlocutrice.

— Mais qu'est-ce que tu me racontes là ? Pourquoi ont-ils fouillé dans ton cellulaire ? De quoi te soupçonnent-ils ? As-tu tué quelqu'un ?

Marie tressaille. Motivés par son agacement ainsi que par la peur bleue que lui a causée cette visite inattendue, les mots de son amie ont dépassé sa pensée, mais ils mettent en lumière ce foutu sentiment de culpabilité dont Marie a tant de mal à se débarrasser et qui lui revient toujours au visage chaque fois qu'elle croit l'avoir éloigné.

— Es-tu devenue folle ? Qu'est-ce qui te prend de dire des choses pareilles ?

À son tour maintenant de s'indigner et de s'emporter. Francine est allée trop loin. D'ailleurs, lorsque celle-ci reprend la parole, elle baisse le ton, consciente d'avoir dépassé les bornes.

— C'était juste une façon de parler... Excuse-moi. N'empêche, j'apprécierais quelques explications.

Marie se radoucit à son tour.

— Quelqu'un que je connaissais a été trouvé mort en bas d'une falaise. Il se trouve que je l'avais appelé juste après t'avoir parlé au téléphone.

— Pour la cueillette des chanterelles ?

— En effet.

— Et puis après ? En quoi ça te concerne, cette histoire ?

— Le problème, c'est qu'il est mort près de l'endroit où je cueillais des champignons. Et puisque je l'avais appelé, la police a pensé que je pouvais l'avoir rencontré peu de temps avant sa mort, ce qui n'est pas le cas. Ils ne font que leur travail. Ils enquêtent pour comprendre ce qui a bien pu se passer. Rien de plus.

Marie entend son interlocutrice grommeler au bout du fil. Apparemment, la visite des enquêteurs l'a troublée au plus haut point et les explications de son amie ne font qu'augmenter son malaise et sa confusion.

— En tout cas..., finit-elle par déclarer après un long silence, sans toutefois aller plus loin.

— Si j'ai d'autres nouvelles, je te tiendrai au courant, conclut Marie qui n'a pas envie de poursuivre cette conversation.

Sans l'ombre d'un doute, Francine éprouve la même urgence d'en finir. Elle murmure une formule de salutation inintelligible et raccroche. La suite de l'histoire ne l'intéresse pas.

À peine remise de cette altercation, Marie a juste le temps de s'habiller avant d'entendre de nouveau une sonnerie qui la fait tressaillir. Son corps rebelle refuse de se rendre à la porte à travers laquelle se dessine une silhouette reconnaissable, mais son cerveau, plus docile et plus conformiste, lui intime l'ordre de répondre. De toute façon, elle n'aura pas le choix. Ayant vite deviné l'identité des visiteurs, elle sait qu'ils ne la laisseront pas en paix tant qu'elle n'aura pas satisfait leurs attentes.

À son grand déplaisir, l'enquêteur Gravel est seul.

Marie ne peut retenir ses tremblements. Cet homme bedonnant lui fait peur. Une nonchalance trop étudiée, un regard en coin, indiscret et indélicat, une lèvre boudeuse... Et ces yeux d'un bleu si pâle qu'on dirait l'orbite vide, transparente. Si cette affaire rocambolesque dans laquelle elle se retrouve embarquée bien malgré elle était un film, Marie le désignerait immédiatement comme le coupable.

Tout en l'invitant à entrer, elle scrute les alentours dans l'espoir de voir apparaître Viviane Labonté ou Julien. Où son cher mari peut-il bien être de si bonne heure ? Elle ne l'a pas entendu se lever. Il devait acheter une nouvelle robinetterie pour le lavabo du sous-sol, mais pourquoi est-il parti si tôt ? Peut-être pour éviter la cohue à la quincaillerie. Elle aurait aimé le tenir loin de cette histoire, mais, elle doit se l'avouer, sa présence en ce moment même lui serait d'un grand réconfort. Se retrouver seule avec André Gravel ne lui plaît guère.

— Je ne vous dérangerai pas longtemps, explique celui-ci en s'assoyant à la table de la cuisine sans y avoir été convié.

Marie remarque qu'il a pris place sur la même chaise que la dernière fois. Il a déjà ses habitudes, pense-t-elle, et cette constatation ajoute à son malaise. Elle aurait envie de lui crier de partir, de ne plus revenir, mais cet homme a décidé de lui empoisonner la vie et elle n'a aucun moyen de l'en empêcher.

Pour l'instant, André Gravel la regarde sans la regarder. Ses yeux semblent observer un point précis par-dessus l'épaule de Marie, un coin du mur sans aucun intérêt. Malgré cela, sa victime se sent examinée comme un animal de laboratoire. Sans la dévisager, affichant un air indifférent, Gravel scrute pourtant chacune de ses réactions, le moindre de ses gestes. Il renifle la petite bête apeurée qui se tient devant lui, se réjouissant sans doute de chaque goutte de sueur qui perle sur son front.

C'est d'ailleurs lui qui propose à Marie de s'asseoir, comme s'il était le maître de la maison. Et il mène la conversation d'une voix autoritaire qui ne s'embarrasse pas de civilités.

— J'aurais quelques petites informations à valider avec vous.

— Si je peux vous aider..., bafouille Marie.

— Voilà de quoi il retourne. Vous nous avez bien dit avoir téléphoné à la victime le matin de sa mort, n'est-ce pas ?

— Oui.

— Vous avez également parlé avec d'autres personnes, si je me rappelle bien.

– En effet. J'aurais aimé que quelqu'un m'accompagne, ce matin-là.

– Pourquoi donc ?

– Parce que c'est plus agréable à deux, et parce que je ne me sens pas toujours en sécurité dans les bois.

– Je vois... Il vous est déjà arrivé quelque chose ? Une mauvaise expérience ?

– Non, pas du tout. Mais j'aime mieux prévenir.

– Et votre amie... Francine, je crois ?

– Oui. Que voulez-vous savoir au sujet de Francine ?

– Vous lui avez téléphoné avant ou après avoir parlé à Régis ?

– Avant de partir de la maison. À dix heures quinze, comme vous avez pu le vérifier sur mon cellulaire.

– Exactement. C'est d'ailleurs ce que votre amie nous a confirmé.

Marie entend encore la voix furieuse de Francine qui résonne dans ses oreilles. Elle prend quelques secondes pour se demander si le terme « amie » lui convient toujours.

– Je sais. Elle m'a téléphoné après votre visite. Elle n'était pas très heureuse d'avoir eu affaire à la police.

L'enquêteur hausse les épaules. À l'évidence, les états d'âme de cette femme ne l'intéressent pas.

– Pouvez-vous me répéter la raison qu'elle avait invoquée pour décliner votre invitation ?

– Elle ne se sentait pas bien. Elle avait mal dormi et était fiévreuse.

– C'est ce qu'elle vous a dit ?

– Oui.

– Vous en êtes sûre ?

– Mais oui !

– C'est étrange quand même...

– Quoi donc ?

André Gravel fouille dans son carnet, tourne les pages.

– Quand nous avons vérifié avec elle, elle nous a plutôt dit être allée dîner avec des amies. C'est la raison pour laquelle elle ne pouvait pas vous accompagner. C'était l'anniversaire de Ginette, a-t-elle précisé. Vous connaissez cette personne ?

Profondément blessée par le mensonge de Francine, Marie rougit de honte et de surprise. Bien sûr qu'elle connaît Ginette ! C'est une amie – en tout cas, elle l'a toujours considérée comme telle –, dont elle a fêté chaque anniversaire depuis bientôt cinq ans.

Peinant à retrouver son aplomb, elle bafouille des explications peu convaincantes.

– Je ne comprends pas. L'anniversaire de Ginette est seulement la semaine prochaine et elle m'a dit ne pas pouvoir fêter avec nous cette année parce qu'elle part en voyage. Ses enfants lui ont offert un séjour en Italie pour souligner ses soixante-cinq ans.

– Vous ne saviez pas qu'on la fêtait ce jour-là ? Si je comprends bien, vous n'aviez pas été invitée et c'est inhabituel. En tout cas, vous semblez très étonnée.

Marie secoue la tête en baissant les yeux pour cacher sa peine.

Pourquoi ses amies lui ont-elles caché cette réunion ? Qu'a-t-elle fait pour mériter ce rejet qui la heurte au plus haut point ?

– Vous êtes certain que c'était bien cette journée-là ? insiste-t-elle. Francine s'est peut-être trompée. Je sais que votre visite et vos questions l'ont troublée. Elle me l'a dit. Et quand elle m'a appelée, elle n'était pas encore remise totalement. Elle a pu confondre...

– Nous avons vérifié, lui répond l'enquêteur sur un ton qui ne supporte aucune objection.

– Alors, je n'y comprends rien.

– Vos amies avaient-elles une raison de vous écarter de la petite fête ?

Les insinuations de Gravel révoltent Marie, mais elle est trop bouleversée pour réagir intelligemment. Cette histoire ressemble de plus en plus à un cauchemar dont elle n'arrive plus à se dépêtrer, même en gardant les yeux grand ouverts. D'abord Régis qui agit d'une façon inexplicable, puis Francine qui lui ment sans véritables motifs. Elles ont eu un léger désaccord à leur dernière rencontre, mais rien de sérieux. Une discussion qui s'est envenimée et à laquelle elles ont mis fin juste à temps. Ce n'était pas la première fois qu'elles se chamaillaient, et Marie était convaincue qu'elles s'étaient quittées en bons termes. Elle considère Francine comme sa sœur, et les sœurs, c'est bien connu, se disputent sans cesse pour des riens. Il faudra tirer cela au clair. Pour se consoler, elle se répète en son for intérieur que ça ne peut pas être aussi grave qu'il y paraît à première vue.

Plongée dans ses pensées, elle oblige l'enquêteur à répéter sa question, à laquelle elle répond par un haussement d'épaules. André Gravel change à brûle-pourpoint de sujet.

— J'aimerais rencontrer votre mari. Où puis-je le trouver ?

— Je ne sais pas. Il est parti avant mon réveil. Il avait des courses à faire.

— Pouvez-vous me dire quand il reviendra ?

— Non.

Marie rougit une fois de plus, à son grand déplaisir. Ses réponses sonnent faux. Son discours est décousu, son ton, hésitant. On déclarerait quelqu'un coupable pour bien moins que ça. Elle s'enfonce à chaque phrase. Ses mains tremblent. Depuis quelques minutes, elle n'ose même plus regarder l'enquêteur dans les yeux, de peur d'y déceler une accusation.

Après lui avoir volé encore quelques minutes de son temps, Gravel la quitte sans avoir promis ou laissé entendre qu'il ne reviendrait plus.

Le cœur chaviré, Marie se prépare une tisane avec des gestes machinaux. Il lui faut se calmer, faire le vide dans son esprit. Après quelques secondes, la bouilloire chante. Plutôt que de se servir, Marie écoute ce bruit rassurant de l'eau qui bout. Cependant, ses pensées tout entières sont dirigées vers son amie Francine, à qui elle a depuis toujours accordé sa confiance. Francine, sa confidente, sa compagne de marche, son alliée des bons et des mauvais jours.

L'eau est prête, mais Marie n'a plus envie de cette tisane. Elle se dirige plutôt vers la petite table du salon, où elle a laissé son cellulaire. Elle s'empare de l'appareil avec une urgence qui l'habite et la hante. Elle doit parler à Francine. Elle compose les trois premiers chiffres, puis s'arrête. Son esprit confus n'arrive pas à fixer son attention sur l'essentiel. Finalement, elle referme le téléphone, enfile une veste et va se promener dans le quartier.

Cette longue marche lui fait du bien. Elle en profite pour manger dans un petit café où elle se sent bien, puis elle fait quelques courses, heureuse de se mouvoir et de ne plus penser qu'à ses épaules douloureuses à cause des paquets trop pesants. Sur le chemin du retour, des rires d'enfants l'accompagnent. Les petits rentrent de l'école. Leurs sacs à dos sont remplis de livres et de trésors de toutes sortes. Avec bonheur, elle observe les enfants qui la précèdent et qui sautillent malgré le poids de leurs sacs, un pied sur le trottoir, l'autre dans la rue, puis un pied sur le trottoir et l'autre sur la pelouse, comme si marcher en droite ligne leur était impossible. Elle sourit enfin et se retient de les imiter.

Chapitre 6

Après une nuit assez calme, Marie a tenté pendant une grande partie de l'avant-midi de se concentrer sur un texte qu'on lui a demandé de traduire. Même à la retraite – du moins officiellement –, elle accepte à l'occasion de petits contrats qui ne lui demanderont qu'un court laps de temps. Ces sommes d'argent, ajoutées les unes aux autres, lui permettent de se gâter quand elle en a envie sans toucher à ses économies.

Sous prétexte de ne pas la déranger, Julien a décidé d'aller au gym. Il ira ensuite siroter une bière avec d'anciens collègues.

– Tu auras ainsi la tranquillité nécessaire pour travailler, a-t-il précisé. Je devrais être de retour en milieu d'après-midi.

Marie ne lui a pas parlé de la visite de l'enquêteur Gravel. Ils feront connaissance bien assez tôt. Beaucoup trop tôt à son goût. Elle aimerait tellement repousser ce moment le plus longtemps possible ! Si la loi et ses représentants pouvaient l'oublier, ne plus s'immiscer dans sa vie, dans leur vie. Pour son grand malheur, l'enquêteur n'est pas du genre à lâcher sa proie, elle l'a bien compris. S'il croit détenir une piste, il la suivra jusqu'au bout, quitte à piétiner les pauvres plates-bandes qui se trouveront sur son chemin. Il reviendra sûrement.

N'empêche, la nuit dernière, Marie a rêvé qu'il lui annonçait la fermeture du dossier Nantel. Le pauvre homme serait tombé en bas de la falaise. Un malencontreux accident. Ce n'était qu'un rêve, certes, mais Marie se raccroche à cette idée, la plus plausible, la plus sensée. Régis s'est approché trop près du vide, il a fait un faux pas et il est tombé. Peut-être a-t-il glissé sur une racine mouillée. Quelle autre explication peut-il y avoir ? Il reste bien sûr des points sombres à cet étrange décès, qui ne seront jamais élucidés, comme la raison de sa présence dans les bois, mais la thèse de l'accident lui semble évidente. Quand donc les enquêteurs en viendront-ils eux aussi à cette conclusion ?

Après avoir avalé un sandwich, Marie sort pour sa promenade quotidienne. Tout en marchant, elle ressasse sans fin des scénarios tantôt optimistes, tantôt pessimistes. Absorbée dans ses pensées, elle bouscule au passage un garçonnet qui, tout comme elle – mais sans doute pour des raisons différentes –, ne regardait pas où il mettait les pieds.

— Oh ! Excuse-moi, mon grand ! Je ne t'ai pas fait mal, j'espère ?

L'enfant hausse les épaules avec une petite moue dédaigneuse qui laisse entendre que ce petit accrochage ne l'a pas dérangé. Il a vu pire, bien évidemment. À peine huit ans, songe Marie, et déjà ce besoin de fronder, de se montrer puissant, invincible. Un dur à cuire !

Soulagée du peu de conséquences de cette collision, elle se penche pour ramasser la casquette du garçon et la lui remettre sur la tête.

— Excuse-moi encore, dit-elle en lui caressant la joue. Tu es un brave petit bonhomme.

Cette fois, l'enfant grimace de fierté. Elle l'a touché droit au cœur. Il lui fait un salut de la main et s'éloigne en gambadant de nouveau, incapable, semble-t-il, de marcher au pas.

— Mignon comme tout, n'est-ce pas ?

Marie sursaute de surprise. Elle n'avait pas remarqué la présence de Viviane Labonté, surgie de nulle part. D'où la collègue de Gravel peut-elle bien sortir ?

— Excusez-moi, dit celle-ci de sa voix douce et mélodieuse, posée mais résolue. Je ne voulais pas vous faire peur.

Une voix de psychologue davantage que de femme de loi, une voix que Marie reconnaîtrait entre mille. La voix de l'enquêtrice agit comme une signature, avec autant d'autorité. Dans son métier, elle constitue sans doute son arme la plus puissante, la plus efficace.

— Ce n'est rien, bredouille Marie. J'étais distraite. Je ne vous ai pas entendue arriver.

La pensée qu'on l'a suivie s'impose d'emblée à son cerveau en panique. De tels hasards n'existent pas. Serait-elle l'objet d'une filature ? Cette idée insensée la fait frémir d'horreur et d'indignation.

— Je me rendais chez vous et je vous ai aperçue, explique Viviane Labonté. J'ai préféré m'arrêter pour m'annoncer. Je n'aime pas m'amener chez les gens sans les avoir avertis de ma visite.

— Vous auriez pu téléphoner...

Les mots ont à peine été prononcés que Marie les regrette déjà. Son ton sarcastique n'a sûrement pas échappé à son interlocutrice. Elle ne voulait pas être impolie ou blessante, mais la présence inopinée de Viviane Labonté altère son jugement. Sa patience est à bout.

— À vrai dire, explique l'enquêtrice, sans relever l'ironie à peine dissimulée, je viens voir votre mari. Je lui ai téléphoné, il y a quelques minutes, mais il n'a pas répondu. J'ai décidé de tenter ma chance malgré tout.

Marie opine de la tête, tout en refusant l'invitation de la jeune femme à monter avec elle.

— Je préfère marcher, si vous n'y voyez pas d'inconvénient. S'il est revenu du gym, mon mari est peut-être dans le jardin. Voilà pourquoi il n'a pas pris votre appel.

Quelques minutes plus tard, après avoir pris son temps en examinant chaque fissure du trottoir, chaque feuille tombée, et en marchant si lentement qu'elle en perdait parfois l'équilibre, Marie arrive chez elle et retrouve l'enquêtrice et Julien assis à la table de la cuisine. Son mari lui jette un regard interrogateur et dubitatif. Il se demande bien ce que lui veut cette femme.

Viviane Labonté et lui n'en sont qu'aux présentations pré-liminaires, semble-t-il. La visiteuse a accepté un verre d'eau ; Julien s'est versé un jus de pomme. L'enquêtrice gribouille dans son carnet des mots épars, une adresse, l'heure. Rien de bien compromettant, juste de quoi se mettre en appétit. Marie a tout de suite l'impression de pénétrer dans un ring de boxe. Jusque-là, les pugilistes ont réussi à sauver la face à coups de sourires et de politesses, mais très bientôt le sang va couler. Cette sensation désagréable la perturbe et elle cherche une raison pour s'éloigner et échapper au spectacle désolant qui se prépare.

Tandis qu'elle hésite sur la décision à prendre et la manière de s'excuser auprès de Viviane Labonté, celle-ci s'adresse à Julien :

— Souhaitez-vous que votre femme assiste à notre rencontre ou préférez-vous garder notre conversation privée ?

Julien hausse les épaules. Lui aussi se trouve embarrassé. Marie décèle même une rougeur révélatrice dans son cou, une petite plaque qu'elle seule peut apercevoir parce qu'elle connaît bien son mari. Pour ne pas le gêner davantage, elle choisit donc de se retirer. Elle comprend à quel point ces interrogatoires déguisés en conversations anodines peuvent déconcerter et troubler.

— J'ai du travail, je vais vous laisser, dit-elle.

Julien lui sourit, mais le cœur n'y est pas. Il souhaiterait se trouver à des lieues de cette cuisine, loin de cette femme, aussi grande que lui et svelte comme un mannequin, qui observe chacun de ses gestes. La situation lui paraît incongrue, loufoque même, et il est sur le point de perdre patience.

Une fois à l'étage, Marie referme la porte de son bureau et s'installe devant son ordinateur. Elle ouvre le dossier sur lequel elle travaille depuis la veille et tente de se concentrer sur la tâche à accomplir. Or, les mots dansent devant elle, inaccessibles. Il lui est impossible de canaliser ses énergies, impossible de faire abstraction de ce qui se passe entre son mari et Viviane Labonté. C'est plus fort qu'elle, elle veut savoir !

Doucement, en espérant ne pas faire craquer le plancher, elle se lève et entrouvre la porte de son bureau. Les voix lui parviennent alors, quelque peu étouffées mais néanmoins audibles. Toujours sans faire le moindre bruit, Marie s'assoit par terre dans l'embrasure de la porte et tend l'oreille. Aussitôt, elle entend Julien qui hausse le ton :

— Mais puisque je vous dis que j'étais au gym !

— Je n'en doute pas, lui répond l'enquêtrice. Vous vous êtes en effet rendu au gym, ce jour-là, mais vous y êtes resté à peine une heure. Nous avons vérifié. Ce qui m'intéresse, c'est ce que vous avez fait ensuite. Je vous le répète : ce n'est qu'une entrevue de routine, histoire d'éliminer les personnes qui n'ont rien à voir avec la mort de Régis Nantel.

— Mais personne n'a rien à voir avec cette mort. C'était un accident ! Il a dû tomber de la falaise.

— Comment pouvez-vous en être sûr ?

— Parce que c'est l'explication la plus logique.

— Dans mon métier, vous savez, la logique n'explique pas grand-chose.

Un court silence suit cet échange, pendant lequel Marie retient son souffle. Même sa propre respiration lui semble trop bruyante. Elle ne veut pas qu'on découvre son indiscrétion, mais elle souhaite ne rien manquer des explications qui vont suivre. Pourquoi donc Julien est-il resté si peu de temps au gym alors qu'il y passe habituellement deux bonnes heures, et parfois plus ? Et où est-il allé ensuite ? Et surtout, pourquoi ne lui a-t-il rien raconté de sa journée ? Quand elle est revenue à la maison, ce jour-là, son mari n'était pas rentré. Où se trouvait-il s'il n'était pas au gym comme elle vient tout juste de l'apprendre ?

Dans quelques secondes, elle aura peut-être la réponse à une question qu'elle se pose depuis des semaines. Elle a beau la repousser, elle revient constamment, la nuit surtout, quand elle ne réussit pas à dormir. À quoi tient chez son mari, pourtant si peu sportif, cette soudaine attirance pour l'exercice ? Comment peut-on changer à ce point, et si rapidement ? Elle n'a jamais rien dit, n'a jamais rien demandé, aucune explication. Elle n'a jamais fait part à Julien de sa perplexité devant son comportement étrange. Pour ne pas donner l'impression qu'elle le surveille ou qu'elle doute de lui. Il n'en reste pas moins que cette question la taraude depuis un bon bout de temps.

En bas, le silence perdure, brisé par les raclements d'une chaise sur le plancher.

Quand Julien reprend la parole, Marie frissonne. Avant même qu'il ne prononce le premier mot, une peur terrible l'habite. Les mains sur le ventre, elle craint un coup de couteau, un coup de poing. Elle va être blessée et elle le sait.

— Je ne suis pas resté longtemps parce qu'une connaissance m'a invité à prendre un verre.

— Une connaissance ? Pouvez-vous être plus précis ?

— Une personne que je rencontre souvent au gym et avec qui je me suis lié d'amitié. Nous nous sommes découvert plusieurs passions communes et nous aimons bavarder de tout et de rien.

— Son nom, s'il vous plaît ?

— Est-ce vraiment nécessaire ? Je ne voudrais pas qu'on vienne l'embêter avec cette histoire. Je suis absolument certain que le nom de Régis Nantel ne lui dit rien.

— Je vous le répète : vérification de routine. Nous ne devons rien laisser au hasard. Je ne connais pas d'autre façon de faire progresser une enquête.

Le silence de nouveau. Plus lourd qu'avant. Presque tangible.

Marie n'écoute plus qu'à moitié. Son mari a menti. Elle le connaît depuis assez longtemps pour déceler dans sa voix ce son rauque qui ne trompe pas, un petit tremblement, à peine perceptible, sauf pour elle, une lenteur qui s'accentue à la fin de la phrase, comme s'il voulait retenir les derniers mots.

— Je vous écoute, insiste Viviane Labonté.

— Il s'agit de Maxime Trépanier.

Marie sursaute, surprise par cette réponse inattendue. Aurait-elle craint une histoire qui, en fait, n'existe pas ? Julien fréquente-t-il tout simplement un nouvel ami, comme il vient de l'affirmer ?

— Vous savez où habite ce monsieur ? Vous avez son numéro de téléphone ?

— En fait, c'est... une femme. Elle habite à quelques rues d'ici. J'ai ces informations dans mon cellulaire.

Marie se replie sur elle-même, comme un enfant qui aurait mal au ventre. Au bout du compte, elle n'a rien inventé. Ce qu'elle soupçonnait sans trop y croire ne sortait pas de son imagination. Elle comprend maintenant pourquoi son mari a changé. La vérité fait mal, mais elle la préfère à l'ignorance. Du moins, le croit-elle, jusqu'à ce qu'elle tente de se relever.

Elle n'y arrive pas. Un poids énorme la maintient au sol. La voilà paralysée. Recroquevillée contre le chambranle de la porte, elle attend que les forces lui reviennent.

Une dizaine de minutes plus tard, Viviane Labonté quitte la maison.

Julien ne bouge pas. Il reste là, immobile. Marie l'imagine sans peine, les deux mains sur son verre de jus, la tête baissée, à se demander si elle a entendu leur conversation. Il hésite...

Puis Marie entend ses pas glisser sur le plancher.

Il va monter. Il vient la retrouver.

« Je dois me lever, me donner une contenance. »

Chaque marche d'escalier franchie par son mari renforce la décision qu'elle vient de prendre. En chancelant, elle se dirige vers son bureau, s'y assoit et place ses écouteurs sur ses oreilles en s'empressant de les connecter à son ordinateur.

Quand Julien lui touche l'épaule, elle sursaute. Elle n'a pas eu besoin de faire semblant. La moiteur de cette grande main d'homme, en traversant le tissu de sa blouse, lui a brûlé la peau. Elle voudrait hurler, mais grâce à un effort surhumain, elle réussit à sourire.

— L'enquêtrice est partie, lui annonce Julien. Je crois bien qu'elle ne reviendra plus. On va pouvoir mettre cette histoire derrière nous.

Sa voix exprime un grand soulagement. Or, le départ de Viviane Labonté n'y est pas pour grand-chose. Il est maintenant convaincu que sa femme n'a rien entendu de la conversation, et cette certitude le délivre de l'embarras dans lequel il était plongé.

Marie opine de la tête et feint de retourner à son travail. En lui adressant un petit geste désinvolte de la main, elle congédie Julien et remet ses écouteurs sur ses oreilles. Elle espère de tout son cœur que son mari n'insistera pas, car elle pleure. Comme on pleure quand on ne sait pas trop d'où vient la douleur, car elle émane de plusieurs sources à la fois.

À son grand soulagement, Julien l'embrasse dans le cou et quitte la pièce. Peu à peu, l'atmosphère s'allège. Marie sèche ses larmes et respire à fond. Elle aura de graves décisions à prendre. Elle doit garder la tête froide, ne pas s'enfermer dans un rôle de victime.

Après un moment, elle décide de se lever, incapable de rester immobile plus longtemps. Ses muscles ankylosés lui arrachent une plainte, et elle doit faire quelques pas avant de retrouver sa souplesse. Marcher. Elle a besoin de bouger, d'aller quelque part, de retrouver la bonne odeur de la forêt, de la terre. Fuir dans un univers qu'elle connaît par cœur et où le mensonge n'existe pas.

Julien est sorti.

Pour ne pas raviver la douleur, elle n'essaie même pas d'imaginer où il est allé. Avec précipitation, car il y a urgence, elle remplit son sac à dos. Juste l'essentiel. Elle est déjà trop embourbée dans la tromperie pour s'encombrer de bagages. Son amie lui a menti, son mari également. Même Régis est venu la rejoindre après lui avoir annoncé le contraire. Et ces enquêteurs qui l'accusent sans l'accuser, qui la soupçonnent d'on ne sait quoi, sans pourtant l'énoncer franchement. Elle ne peut plus supporter leurs airs hypocrites, leurs questions insidieuses. Seule la montagne pourra lui faire oublier ce chaos.

Fin prête, elle referme la porte derrière elle et s'installe dans sa voiture avec l'impression de partir pour une grande aventure. Ce sera bientôt l'heure du souper, mais elle n'a pas faim. L'échappée l'excite, les soucis s'envolent. Le plaisir anticipé la revigore. À peine trois heures de route et elle sera au pied de sa montagne. Elle l'imagine déjà, embellie de coloris automnaux, magnifique comme toujours, à la fois rebelle et familière, se refusant à ceux qui la craignent, se donnant à ceux qui savent l'épouser de toute leur âme et de tout leur cœur. C'est de cette montagne qu'elle a besoin pour y voir clair.

Chapitre 7

La nature est d'une beauté sans nom. L'automne éclate de partout. Les arbres diffusent des flots de lumière qui rivalisent avec le soleil. La veille, Marie s'est rendue sans encombre à la petite auberge où elle a déjà séjourné avec Julien. Elle redoutait de se retrouver seule dans une chambre qu'ils avaient partagée autrefois et où ils avaient vécu de si bons moments. Or, ses craintes étaient vaines. Au contraire, cette oasis de calme où ils s'étaient réfugiés tous les deux ne lui a rappelé que de beaux souvenirs et elle s'est glissée dans les draps avec le sentiment rassurant que le tumulte des derniers jours n'avait jamais eu lieu.

La nuit lui a été bénéfique. Dans cette maison centenaire, un peu à l'écart de la route et juste au pied des montagnes, le silence enveloppant forme un cocon protecteur. Le temps s'arrête, le mouvement ralentit, les sons perdent de l'ampleur.

Marie a bien dormi et elle ne se souvient pas d'avoir rêvé. Tant pis ou tant mieux ! Toutefois, en s'étirant, elle s'abandonne longuement à ses rêveries, celles qu'elle choisit et que personne ne lui impose. Il est tôt. Le soleil qui vient de se lever arrose les falaises de ses rayons. Des roses tendres ou violacés, des rouges écarlates et des orangés éclatants teintent les montagnes. Une journée que rien ne viendra gâcher. Marie s'en fait la promesse en contemplant le paysage par la fenêtre.

Après un bon déjeuner, en forme et le cœur léger, elle est prête à s'engager dans le sentier qui mène au sommet. Trois belles heures de montée l'attendent, pendant lesquelles elle ne pensera qu'à ses muscles en plein travail, qu'à ses pieds cherchant le parfait équilibre. Elle est au bon endroit. Elle a pris la bonne décision. Rien d'autre n'aurait pu lui remettre les idées en place. Seule la montagne possède ce pouvoir d'apaisement.

Elle attache donc les sangles de son sac à dos et entreprend l'ascension.

Le sentier est beau, sec et bien dégagé. Les quelques nuages que le soleil n'a pas encore chassés s'effilochent en douceur. Marie s'imprègne du silence, des odeurs, de la brise. Elle n'est plus Marie, elle est montagne. Elle ne marche pas, c'est le sentier qui la pousse, qui l'entraîne. Le ruisseau coule dans ses veines, la sève des arbres circule dans son corps. La montagne l'habite, la possède. Comme chaque fois qu'elle s'y aventure, elle devient une proie consentante, un esprit malléable, enivré par la promesse des sommets.

Quand la sonnerie du téléphone éclate dans ce silence sacré, Marie recule d'un pas, soudain fragilisée, en perte d'équilibre. Elle a oublié de fermer son cellulaire. Après avoir tiré l'appareil de sa poche, elle constate que l'appel est de Julien. Elle lui a laissé un message la veille, auquel il n'a pas répondu. Un message rassurant, sans animosité. Besoin d'être seule. Besoin de nature. S'éloigner pour échapper aux interrogatoires sans fin des enquêteurs.

Après une brève hésitation, elle éteint l'appareil d'un geste décidé et l'enfouit au fond de sa poche. Cette fois, plus rien ni personne ne viendra perturber son ascension. Et la voilà repartie.

Le désir de tout laisser derrière elle, de semer les représentants de la loi et de se libérer du sentiment de culpabilité qui la poursuit lui insuffle un formidable élan et elle accède au sommet plus rapidement que prévu. Le spectacle est grandiose et la magie opère. Marie se noie dans ces coloris d'automne qui recouvrent les monts environnants. À perte de vue, une mosaïque multicolore tapisse cimes et vallées.

Arrivés avant elle, un jeune homme et sa compagne se sont installés sur une grande roche plate, d'où ils dominent le panorama. La jeune femme étend une nappe minuscule qu'elle a sortie de son sac. Pendant ce temps, l'homme extirpe du sien une bouteille de vin et deux coupes. Ces deux-là ont assurément un anniversaire à souligner. Marie les salue et s'éloigne pour trouver un endroit d'où elle pourra contempler le paysage à sa guise, sans les déranger. Assise confortablement, elle s'applique ensuite à graver dans sa mémoire cette scène sublime qu'aucun peintre, aussi talentueux soit-il, ne saurait reproduire.

Pendant de longues minutes, elle reste là, s'imprégnant du décor, incapable de bouger ou de penser, incapable d'imaginer autre chose que cet état de grâce, son âme se confondant avec le ciel azuré, les montagnes sans fin, les rochers éternels.

Puis, peu à peu, la vie la rattrape. Les secondes, les minutes se glissent en elle, le tic tac du temps qui coule s'assimile aux battements de son cœur. Le temps de redescendre est arrivé.

Elle emprunte alors le sentier d'un pas léger et croise bientôt un groupe scolaire. Les regards dubitatifs des adolescents l'amusent. Comment une femme de cet âge a-t-elle réussi à escalader une montagne qui leur donne tant de fil à retordre ? Certains sont à bout de souffle, le visage cramoisi. Marie leur sourit sans ralentir la cadence. Ses pieds s'agrippent aux rochers, devinent les aspérités, déjouent les pièges. Elle n'a ni trop froid ni trop chaud. Décoiffée, les pantalons retroussés jusqu'aux genoux, elle ne se soucie guère de son apparence et donne l'impression de défier le temps. Un grand rire silencieux sourd de sa gorge.

De retour à l'auberge, elle déguste le lunch que son hôte lui a gentiment préparé et qu'elle n'a même pas pensé à manger quand elle était sur la montagne. Elle prend ensuite une douche bien chaude, trouve un poste de musique et s'installe avec un livre devant la fenêtre.

Elle ne rentrera pas ce soir.

De là-haut, la lune lui sourit.

Elle ne rentrera peut-être plus.

Demain n'existe pas encore ; elle peut donc en faire ce qu'elle veut. Elle lit sans lire, enfilant les mots tout en voguant sur sa propre histoire.

Au bout de quelques pages, elle s'endort.

Le lendemain matin, après avoir pris un déjeuner copieux et avoir remercié l'aubergiste de ses délicates attentions, Marie lance son sac à dos sur le siège arrière de l'auto et se met au volant avec une détermination teintée d'appréhension. Elle introduit la clé, mais hésite à démarrer. Ce retour ne l'emballe pas, bien au contraire. Replonger dans l'atmosphère oppressante qu'elle a fuie lui donne des nausées. Réintégrer le domicile familial, où personne ne l'attend, lui fend le cœur.

Afin de traverser cette épreuve une étape à la fois, elle cherche son cellulaire dans son sac pour vérifier ses messages. Une façon comme une autre de regagner le monde, son monde. Elle n'a pas ouvert son téléphone depuis presque vingt-quatre heures et n'en éprouve aucun remords. Pendant cette courte échappée, elle n'a pas ressenti le besoin de donner de ses nouvelles, et elle n'a pensé à personne d'autre qu'à elle-même. Elle en avait besoin, mais maintenant elle doit faire face.

L'appareil a enregistré dix messages, tous plus affolants les uns que les autres. Chacun parle d'urgence, le ton est parfois incisif, parfois suppliant. Julien a appelé à deux reprises, en l'implorant de le rappeler. « Au moins pour dire que tu vas bien... », a-t-il précisé. L'enquêteur Gravel a laissé trois messages et son ton cassant ne laisse aucun doute quant à son état d'esprit. Francine a appelé elle aussi, mais elle n'a pas laissé de message, juste un soupir.

« Tant mieux, pense Marie, je n'aurai pas besoin de donner suite... »
Elle ne veut plus rien avoir à faire avec cette mégère menteuse
et hypocrite qui se disait son amie et qui, malgré cela, n'hésite
pas à la blâmer à la moindre anicroche, sans même écouter ses
explications. Par contre, les deux messages que lui a laissés son
frère l'intriguent et l'inquiètent. Patienter encore trois heures
avant de connaître le fin mot de l'histoire lui semble impossible.
Les allusions de Michel, sa voix hésitante, hachurée, avec un brin
d'ironie mal dissimulée derrière le bredouillage, la troublent trop.

Renonçant au bien-être et à la paix de l'esprit, consciente de
ne pas pouvoir sortir indemne de cette conversation, mais bien
décidée à régler la question en quelques mots afin de profiter
envers et contre tous des quelques petites heures d'évasion qui lui
restent, elle compose à contrecœur le numéro de son frère.

Au bout de trois sonneries s'enclenche le message enregistré
qu'elle connaît par cœur. Comme toujours, la voix éraillée de
Michel la déconcerte. On dirait celle d'un vieil homme qui aurait
parlé et parlé pendant des heures. Une voix fatiguée qui trahit le
mal de vivre de son frère, un mal-être qu'il tente de dissimuler
derrière un paravent de vie active et comblée.

Michel possède un réseau d'amis et de petites amies impressionnant. Il suffit à peine à la demande. Sans cesse en voyage – dans
la ville voisine, en Europe ou dans un pays du Sud, peu importe en
autant qu'il ne reste pas chez lui trop longtemps –, il s'intéresse à
tout et à tout le monde. En particulier aux femmes, jeunes et belles.
Marie n'a jamais compris comment il a pu gagner tant d'argent en
travaillant dans le domaine de la communication, mais, quoi qu'il
en soit, il a pris sa retraite il y a déjà un an, bien avant l'heure, et
il mène un train de vie plus qu'enviable. De dix ans son cadet, il
n'a pas grand-chose en commun avec elle, sauf quelques champs
d'intérêt passagers qui lui permettent de briller dans différentes
sphères de la société. Michel aime être aimé, apprécié, louangé.
Pour y arriver, il est prêt à s'adonner à des sports extrêmes, à
ingurgiter des mets exotiques, à plancher une nuit complète sur un

sujet qui l'embête mais qu'il maîtrisera en quelques heures grâce à son intelligence hors du commun. Tout cela, dans le seul but de s'illustrer et de paraître s'intéresser aux autres. Une façon d'attirer sa proie et de l'amadouer. D'où sa subite et brève fascination pour les champignons, d'ailleurs. Sans doute avait-il une nouvelle conquête à impressionner. Il ne fait jamais rien pour rien.

Marie peine à se l'avouer, mais Michel est un prédateur de la pire espèce. Il sait séduire. Il est né avec ce don, et la première victime de son charme dévastateur a été sa mère qui ne pouvait rien lui refuser. Bien que cette préférence maternelle se soit souvent manifestée à son détriment, Marie n'oublie jamais que Michel est son frère et qu'elle l'aime. Elle s'évertue en vain à le comprendre. Ils semblent vivre sur des planètes différentes et elle a souvent souffert de son manque d'empathie, mais elle l'aime.

Plutôt solitaire, elle lui a d'ailleurs longtemps envié cette capacité à nouer des contacts et à devenir le centre d'attraction dès qu'il se présente quelque part. Aujourd'hui, avec le recul et l'expérience, elle sait que son frère n'est pas heureux et que l'agitation dont il fait preuve n'est somme toute qu'une façade pour cacher un profond désarroi. Sa propension à s'entourer pour ne jamais être seul, ses déplacements constants camouflent un malaise indéfinissable, un vertige existentiel, que Michel lui-même n'a jamais réussi à identifier – a-t-il seulement essayé ? – et dont il nie l'existence.

Marie et son frère ne sont pas souvent sur la même longueur d'onde. Leurs rapports sont tendus la plupart du temps. Leurs divergences d'opinions ont donné lieu à des accrochages à l'occasion, mais ils ont toujours réussi à préserver le lien fraternel qui les unit. Toutefois, sans doute influencée par le chaos des derniers jours, Marie craint que cet équilibre précaire ne soit sur le point de se briser. Quand rien ne va plus, quand un tremblement de terre frappe quelque part, il dévaste souvent une grande région. Marie le ressent jusque dans ses os. Il a suffi de quelques messages pour que sa belle sérénité s'effrite. Tout compte fait, elle aura besoin des trois heures de solitude qu'il lui reste pour trouver la force de replonger dans les grands bouleversements qui l'attendent.

Elle décide donc de ne donner suite à aucun des appels.

Un petit sursis. Un peu de calme et de silence. Un dernier instant juste pour elle. Le reste du monde peut bien patienter.

Chapitre 8

— Il faut qu'on se parle.

Après avoir poussé un soupir de soulagement en la voyant revenue saine et sauve de son escapade, Julien lui a préparé un thé vert, sa boisson préférée, puis il s'est installé devant elle, l'air déterminé. Il a des choses à lui dire, peut-être des aveux à lui faire, mais Marie n'est pas convaincue de vouloir les entendre. Son imagination a déjà fait le travail. Son mari ne lui apprendra rien qu'elle n'ait déjà deviné. De plus, elle aurait souhaité être seule encore un moment, le temps de redescendre de sa montagne qui continue de l'habiter et que son esprit refuse de quitter.

— Regarde-moi, s'il te plaît, insiste Julien. Ce que j'ai à te confier n'est pas facile. J'ai besoin de sentir que tu acceptes de m'écouter. Ensuite, c'est promis, je respecterai ta décision.

À contrecœur, Marie se tourne vers lui. Elle plonge ses yeux dans les siens, cherchant à reconnaître l'homme qu'elle a aimé pendant plusieurs décennies, cet homme qui a été son confident, son complice, son meilleur ami. Elle retrouve les mêmes yeux noirs qui l'ont charmée dès le début, si noirs qu'ils semblent parfois aveugles, comme si la lumière n'arrivait pas à pénétrer cette mystérieuse obscurité. Aujourd'hui, elle y devine une angoisse réelle.

Le regard vacille, les paupières s'affaissent, lourdes de toutes ces années. La brillance d'autrefois a disparu.

— Que veux-tu me dire ? demande-t-elle d'une voix plus tendre, avec l'impression de s'adresser à un grand malade.

Sa colère est passée. Trop de souvenirs l'unissent à son mari pour qu'elle lui garde rancune. Le désamour n'est pas la haine. Leur couple n'existe plus, mais ils ont une histoire à finir, une très belle histoire dont le dénouement pourra être serein si chacun y met du sien. Marie n'a jamais manifesté un fort penchant pour la guerre et les déchirements.

Julien se racle la gorge à plusieurs reprises. Malgré cela, il écorche les premiers mots. De la sueur perle sur son front.

Marie a pitié de lui. Elle voudrait arrêter ce supplice, lui annoncer qu'elle connaît la vérité, qu'il n'a pas besoin de s'expliquer. Le corps de Julien parle pour lui, ses yeux éteints, ses mains qu'il a enfouies dans ses poches pour cacher sa nervosité. Or, quand elle ouvre la bouche, son mari l'interrompt d'un geste maladroit.

— Voilà, commence-t-il. J'ai rencontré quelqu'un.

Marie se tait puisqu'il ne veut pas l'entendre. Il reprend aussitôt :

— Nous avons sympathisé et...

— Tu l'aimes ? Tu veux aller vivre avec elle ?

Surpris par ces questions directes et le ton presque détaché de sa femme, Julien rougit.

— Je ne sais pas... Je suis un peu perdu...

— Alors, tente de te retrouver et laisse-moi ensuite savoir quand tu penses quitter la maison.

Posée mais autoritaire, la voix de Marie laisse son mari sidéré. Il n'a pas le temps de réagir. Déjà sa femme se dirige vers l'escalier. Elle lui échappe, elle fuit. Résigné, Julien courbe le dos et ferme les yeux. Quand il les rouvre, une larme coule sur sa joue. Cette tristesse, Marie ne l'a pas vue. Elle refuse de la voir.

Une fois dans son bureau, Marie démarre son ordinateur. Elle se raccroche au travail pour ne pas se laisser abattre. Entre autres messages, une firme avec laquelle elle a souvent fait affaire lui demande de réviser un texte. L'envoi date de la veille et, bien sûr, on attendait sa réponse impatiemment. En soupirant, elle assure son correspondant que le travail sera fait promptement. Elle s'excuse du retard, prétextant une obligation familiale qui l'a tenue loin de la maison pendant quelques jours. En fait, elle ne ment pas vraiment. Une obligation pressante de s'éloigner s'est réellement imposée. Et la cause était en effet familiale. Lorsqu'il apparaît sur son écran, ce dernier mot l'attriste. La vérité lui éclate en plein visage : sa famille n'existe plus. Après plus de quarante ans de mariage et deux grossesses, dont une seule a été menée à terme – et pour si peu de temps –, elle se retrouve soudain fin seule, face à une solitude qu'elle n'avait jamais imaginée et pour laquelle elle ne croit pas être préparée. Comment pourra-t-elle l'affronter ? À quelle sorte d'avenir devra-t-elle faire face ?

Tout en prenant connaissance du texte à réviser, Marie ne peut empêcher son esprit de vagabonder. Ses pensées oscillent entre le passé et le futur, évitant de trop s'attarder sur le présent. Elle flotte dans une position inconfortable, indécise, tel un oiseau migrateur qui aurait perdu sa route au cœur d'une tempête, pareille à un cerf-volant qu'une main malhabile aurait échappé et avec lequel le vent s'amuse. Libre mais seule, affranchie mais sans destination. Voilà donc ce qu'elle est devenue. Voilà donc où ont abouti ses beaux projets. À une solitude désolante.

Cette réflexion la ramène à son frère, qu'elle n'a pas encore tenté de rappeler depuis son retour. Délaissant son travail, elle compose le numéro de Michel.

À mesure que les chiffres s'affichent, les battements de son cœur s'accélèrent. C'est toujours ainsi quand elle doit traiter avec son frère cadet. En dépit des nombreuses années qui ont passé, Marie éprouve une gêne persistante vis-à-vis de cet enfant qu'elle a vu grandir et qui est pourtant devenu un homme à son insu. Elle se rappelle très bien l'avoir bercé pour l'endormir, avoir fait des casse-tête avec lui pour calmer ses colères. Elle l'a aidé à soulever des charges trop lourdes pour un petit garçon, puis à supporter des épreuves trop pénibles pour un être aussi fragile. Toutefois, elle ne s'est pas rendu compte du moment précis où les rôles se sont inversés. Un jour, il est devenu plus fort qu'elle, plus musclé. Il n'a plus réclamé ses coups de main, ni ses conseils. À quel âge est-il donc devenu si différent de ce qu'il avait toujours été?

La voix de Michel l'arrache à ses pensées. Incisive, résolue. Un seul mot de sa part et plus rien d'autre n'existe que cet instant qu'il habite tout entier.

Cet homme est si ancré dans le présent, dans le plaisir immédiat, qu'il annihile la moindre tentative de réflexion ou de distanciation. En sa présence, on ne discute pas, on vit. Michel ne supporte pas l'immobilité, l'introspection. Pour lui, chaque heure qui passe est une heure perdue si elle n'a pas été vécue pleinement. Cet impérieux sentiment d'urgence, de non-retour, l'anime constamment, et ses interlocuteurs n'ont d'autre choix que de s'y soumettre. Chaque fois qu'elle parle à son frère ou se trouve en sa présence, Marie en ressort épuisée.

— Ça va? demande-t-elle. J'ai vu que tu m'avais appelée.

Michel ne s'informe pas de la raison de son silence. Où elle était, pourquoi elle ne lui a pas répondu?... Ces questions ne l'intéressent guère. Elle est maintenant au bout du fil. Le reste ne compte plus.

— J'ai eu la visite de deux enquêteurs qui voulaient connaître mon emploi du temps des derniers jours. Tu vois de quoi je parle? Ils m'ont dit t'avoir rencontrée à quelques reprises.

Marie soupire. Elle n'est pas étonnée, juste très lasse. Encore une fois, elle va devoir expliquer, s'excuser, rassurer.

— Je me doutais qu'ils iraient te voir. Je suis désolée. C'est que...

Son frère l'interrompt assez brutalement.

— Je sais de quoi il s'agit, mais j'aurais préféré que tu me préviennes.

— J'espérais qu'ils renonceraient à te questionner. Mais ne t'en fais pas, ça va bien aller. Tu ne les reverras sans doute jamais. Ils ne font que des vérifications de routine.

— Le problème, vois-tu, chère sœur, c'est que je ne peux pas vraiment leur préciser où j'étais ce jour-là. Ils seraient trop heureux de mettre leur nez dans mes affaires.

— Tu n'as rien fait de mal au moins ? demande Marie, inquiète.

— Ça dépend du point de vue... De toute façon, peu importe. J'ai affirmé aux enquêteurs que je ne me souvenais plus avec certitude de mon emploi du temps, mais ils vont me relancer, j'en suis certain. Je dirai que j'étais avec ton mari, mais j'aurais besoin qu'il confirme mon alibi. Tu peux lui en parler ?

— Quoi ! Tu n'y penses pas ! Franchement, tu dépasses les bornes ! Et tu as bien failli te mettre dans un beau pétrin. Julien a déjà expliqué où il était et, crois-moi, ce n'était surtout pas avec toi !

Un juron furieux éclate aux oreilles de Marie.

— Ils m'ont pris de court ! Que veux-tu que je leur dise, alors ? Je ne trouve rien de mieux.

— Quel dommage ! Il ne te reste plus qu'à dire la vérité.

— Impossible ! Tu ne pourrais pas me dépanner ? Trouver une amie qui affirmerait avoir été avec moi cette journée-là. Ou je pourrais être allé te retrouver aux champignons. Je ne sais pas, moi. Trouve quelque chose !

Le désarroi de son frère affole Marie qui ne sait plus si elle doit interrompre avec brusquerie cette conversation insensée ou, au contraire, répondre aux attentes exprimées.

— Je ne peux pas revenir sur ma déclaration et je ne demanderai à personne de mentir pour te tirer d'embarras, finit-elle par dire d'une voix tremblotante. Si tu as quelque chose à te reprocher, il faut assumer.

Refuser d'aider son frère la met au supplice. Elle l'a fait si peu souvent. Or, ce qu'il exige d'elle aujourd'hui est impossible.

— D'accord. Puisque c'est comme ça, je vais me débrouiller sans toi. Salut !

Avant même qu'elle n'ait eu le temps de marmonner une excuse ou d'exprimer des regrets, Michel a raccroché. Marie regarde son cellulaire comme si elle pouvait, en le fixant assez longtemps, effacer cet entretien.

La voilà qui s'enfonce un peu plus dans l'isolement. Au tour de son frère maintenant de lui retirer son affection. Marie ausculte ses mains pendant quelques secondes, surprise de ne pas trouver la chair à vif. Car c'est bien comme ça qu'elle se sent : sans protection, plus rien ni personne pour l'entourer, l'enlacer, la protéger, l'accompagner et la soutenir dans ces malheurs qui parsèment sa route depuis cette fatidique sortie aux chanterelles.

Vers qui pourra-t-elle se tourner désormais ?

Qui appellera-t-elle à son secours ?

En entendant une auto entrer dans la cour, elle perd toute contenance. À l'évidence, ce ne peut être qu'un des deux enquêteurs, ou peut-être même les deux. Elle n'a pas répondu à leurs messages, s'efforçant de les oublier. Ils se rappellent donc à son bon souvenir.

Pendant quelques secondes, l'envie de se cacher sous le lit comme quand elle était enfant et craignait les monstres lui traverse l'esprit. Si elle n'ouvre pas, ils partiront et la laisseront en paix. Ils finiront bien par se lasser de la harceler. À quoi cela rime-t-il ? À tout prendre, elle préférerait être accusée de n'importe quoi, pourvu qu'on la laisse se reposer. Elle lutte contre un ennemi invisible, imprévisible, dont elle ne connaît ni les intentions ni le visage. Soudain, elle ne se sent plus capable d'affronter ce qui viendra à n'en pas douter. Elle baisse les bras. Se rend.

— Nous venons vous annoncer la fin de notre enquête. C'est désormais une affaire classée. Nous avons pensé que vous aimeriez être mise au courant.

Viviane Labonté est tout sourire. André Gravel garde son allure austère et renfrognée, mais il esquisse une grimace qui pourrait, de très loin, s'apparenter à un sourire. Collés l'un contre l'autre, ils forment une seule entité, et Marie ne sait trop qui regarder. Elle ne comprend pas. Ils respirent le contentement et elle a la certitude que cela n'augure rien de bon pour elle. Leur entrée en matière la déconcerte.

– Que voulez-vous dire ? finit-elle par demander d'une voix hésitante.

– Les vérifications ont été faites et nous en sommes venus à la conclusion que monsieur Nantel a été victime d'un stupide accident. Des marques indiquent qu'il a dû glisser en bas de la falaise. Nous tenions à vous l'annoncer nous-mêmes et à vous remercier d'avoir collaboré à l'enquête. Nous savons que vous venez de traverser une période difficile. Ce n'est jamais agréable de devoir faire face à la justice. C'était donc important pour nous de ne pas vous laisser avec une mauvaise impression.

Viviane Labonté a pris la parole, pendant que son collègue regarde ses souliers. De toute évidence, il n'est pas à l'aise avec cette démarche sans doute inhabituelle. Troublée, Marie doit s'asseoir. La terre tourne autour d'elle et elle risque d'être emportée dans le tourbillon. Serait-ce la fin du cauchemar ? Peut-elle y croire ?

– Voilà, nous ne vous dérangerons pas plus longtemps.

Cette fois, l'enquêteur Gravel a pris la relève. Son ton plus sec secoue Marie, qui les escorte jusqu'à la porte.

– Merci beaucoup, dit-elle. J'apprécie...

Viviane Labonté est déjà à l'extérieur et son collègue s'apprête à la suivre. Toutefois, au dernier moment, celui-ci se retourne et s'adresse à Marie d'une voix polie, mais sournoise :

– Saviez-vous que monsieur Nantel préparait un livre sur les champignons du Québec ? Selon un parent que nous avons interrogé, il travaillait à ce projet depuis de nombreuses années. Vous en avait-il parlé ?

– Pas du tout, répond Marie, ahurie par la nouvelle. Je n'en savais rien.

L'enquêteur hausse les épaules.

– C'est dommage... Il ne pourra jamais terminer ce qu'il avait commencé.

– Oui, c'est dommage...

Aussitôt la porte refermée, Marie s'effondre sur sa chaise, à la fois perplexe et estomaquée par cette annonce à laquelle elle ne s'attendait pas. Un livre sur les champignons ! Voilà peut-être ce qui explique la réaction mitigée de Régis, à la limite de l'indifférence, lorsqu'elle lui a parlé de son intention de rédiger elle aussi un volume sur le même sujet. Jamais il ne lui avait fait part de son propre projet. Il n'avait pas non plus acquiescé à sa demande de collaboration. Pourquoi donc tous ces secrets ? Mais ce qui la bouleverse davantage, c'est l'attitude de l'enquêteur Gravel. Pourquoi a-t-il tenu à lui glisser ce renseignement à la dernière minute ? Sans trop insister, d'ailleurs, mais sur un ton lourd de sous-entendus.

Marie devrait se réjouir de la conclusion à laquelle en sont venus les enquêteurs. Elle en est néanmoins incapable, trop convaincue qu'elle n'est pas au bout de ses peines.

Chapitre 9

Pendant quelques jours, Marie essaie en vain d'oublier cette histoire, que les policiers eux-mêmes semblent avoir mise de côté. En tout cas, ils ne sont pas revenus. Plus personne ne l'a appelée pour prendre de ses nouvelles ou pour lui en donner. Ni son mari ni ses amies. Aucune visite impromptue n'est venue la distraire de ses réflexions. Cette solitude et ce silence l'effrayaient. Un danger rôde autour d'elle, qu'elle n'arrive pas à identifier.

Elle a beau s'en défendre, elle ne peut oublier le fait que Régis s'est rendu sur la colline alors qu'il lui avait affirmé ne pas pouvoir venir. En outre, il l'a fait sans l'avertir, ce qui exacerbe son sentiment d'étrangeté. Pourquoi a-t-il agi de la sorte ? Elle ne le connaissait pas beaucoup, certes, mais il ne semblait pas du genre à s'amuser en surprenant les gens. Plus revendicateur que joueur de tours. Davantage renfrogné que boute-en-train.

Obnubilée par ces questions sans réponses, Marie n'arrive pas à travailler. Les problèmes à régler s'accumulent sur son bureau et dans sa tête. Ses traductions et ses révisions prennent du retard. De son côté, Julien n'a pas donné signe de vie, et elle ignore si elle doit considérer leur mariage terminé à jamais, ou s'il reste un mince espoir de le sauver. Le souhaite-t-elle, d'ailleurs ? Elle n'en est pas certaine. Et qu'en pense son mari ? Son attitude distante laisse supposer qu'il a déjà tourné la page.

Marie devrait en éprouver de la tristesse, mais en elle, la déception prend le dessus, avec un filet d'amertume. Elle a raté quelque chose qu'elle s'était promis de réussir. Il lui faut digérer cette défaite avant de s'intéresser aux détails pratiques. Devront-ils vendre la maison et partager les bénéfices ? Julien souhaite-t-il conserver quelques meubles, certains souvenirs ? Auront-ils assez d'argent, chacun de leur côté, pour vivre une retraite confortable ? Et tous ces projets qu'ils nourrissaient, ces rêves de voyages, de randonnées ? Arriveront-ils à les réaliser en solitaire, ou faudra-t-il y renoncer ? Une vie entière à repenser, à réorganiser.

Du revers de la main, Marie rejette ces questionnements sans fin auxquels elle ne peut répondre pour l'instant. De toute façon, quand elle essaie de s'y attarder, la voix de Régis Nantel lui revient en mémoire. De même que ce mot qui tourne en boucle dans sa tête : pourquoi ?

Après avoir longuement hésité, après avoir tenté de se raisonner pour passer à autre chose, elle n'y tient plus. Il lui faut tirer cette affaire au clair, sinon plus rien d'autre n'aura de réelle importance. Sa vie semble s'être arrêtée ce jour fatal. En fermant les yeux, elle imagine Régis en train de dévaler la falaise, ses bras cherchant une branche à laquelle se raccrocher, sa tête heurtant les rochers. Et sans cesse, elle se répète : « Si je ne l'avais pas appelé... »

La paix de l'esprit ne lui viendra qu'avec la connaissance. Elle doit comprendre.

Sans trop savoir par où commencer, elle s'applique à démêler l'écheveau qui lui embrouille la matière grise. L'idée qui s'impose d'abord est celle du livre. C'est par là qu'elle va commencer.

En fouillant dans ses papiers, Marie retrouve l'adresse de Régis et décide de s'y rendre. Elle improvisera la marche à suivre une fois sur place. Puisque tout débute à cet endroit, c'est là qu'elle doit être. C'est dans la maison du défunt que se trouve la clé de l'énigme. Elle doit donc y entrer pour ensuite pénétrer le cerveau de Régis et délivrer le sien.

Le mycologue et professeur vivait dans un quartier huppé, où de splendides demeures se dissimulent derrière des rangées d'arbres tout aussi magnifiques. Des haies bien taillées délimitent les terrains de bonnes dimensions. La maison de Régis, toute coquette avec ses murs blancs et ses volets verts, ne dépare pas le secteur, loin de là. Malgré la saison avancée, des fleurs colorent les plates-bandes, blanches pour la plupart, avec un soupçon de bleu ou de jaune. Le jardin a été bien entretenu, ça se voit au premier coup d'œil. Rien ici ne pousse à l'état sauvage. Chaque espace a été analysé, puis aménagé dans un ordre précis, avec l'intention manifeste d'avoir la main haute sur la végétation environnante. Aucun enchevêtrement. Aucune note discordante. Même l'arrosoir, bien rangé, semble plus décoratif que fonctionnel, car il s'accorde parfaitement – autant par la couleur que par le style – avec la maison, la rocaille, les chaises de jardin. Impeccable, ce décor vert et blanc semble avoir été pensé pour s'adapter à diverses occasions, Pâques ou Noël, l'hiver ou l'été.

Désireuse de ne rien déranger, Marie avance avec précaution. Si elle accrochait la moindre brindille, l'ensemble s'en trouverait perturbé. Chaque détail compte dans cet arrangement sobre, mais structuré de façon presque rigide. La personne qui vivait ici ne supportait pas le désordre.

– Je peux vous aider ? Vous cherchez quelque chose ?

Un jeune homme vient de surgir de derrière la maison.

Marie ne s'attendait pas à rencontrer quelqu'un. En fait, elle ne s'attendait à rien de bien précis. Surprise, elle se dirige vers le jeune homme et se présente. Elle n'a pas sitôt décliné son identité que son interlocuteur se renfrogne. Il semble contrarié.

– Vous êtes bien la personne qui a parlé à Régis le jour de sa mort ? La cueilleuse de chanterelles ?

– Oui, répond Marie, ébranlée à la fois par le ton et par la manière dont on vient de la désigner.

Elle a senti du mépris de la part de son interlocuteur. D'ailleurs, celui-ci a reculé d'un pas, comme s'il voulait garder une certaine distance entre eux.

– Que venez-vous faire ici ?

Quoique haut perchée, la voix cherche à se faire menaçante.

À son grand désarroi, Marie constate qu'elle n'a aucune réponse intelligente et sensée à donner. Que vient-elle donc faire en ce lieu, en effet ? Elle n'y a pas encore réellement songé. Elle est venue, se fiant plutôt à son instinct, poussée par une urgence qu'elle ne saurait nommer. S'agirait-il d'une curiosité malsaine, ou alors serait-ce le désir pressant de se libérer de sa culpabilité qui l'aurait entraînée jusqu'à cette maison où elle n'a rien à faire ? Sa démarche n'a en tout cas rien de rationnel, et c'est maintenant, devant ce jeune homme au regard inquisiteur et soupçonneux, qu'elle s'en rend vraiment compte.

– Je vous prie de m'excuser, commence-t-elle, hésitante. Ce qui est arrivé à Régis m'a bouleversée, et j'espérais trouver un peu de paix en découvrant l'endroit où il a vécu. C'était une démarche égoïste, je le réalise maintenant. Je vais vous laisser. Pardonnez-moi cette intrusion.

Son interlocuteur ne dit mot. Après quelques secondes, convaincue qu'il n'ajoutera rien d'autre, Marie le salue d'un signe de tête et tourne les talons en maudissant intérieurement son étourderie. Que pensait-elle donc apprendre en s'imposant de la sorte dans une maisonnée en deuil ?

Or, à son grand étonnement, elle n'a pas fait trois pas que le jeune homme l'interpelle.

– Attendez ! lance-t-il d'une voix radoucie. Puisque vous êtes venue jusqu'ici, profitons-en pour faire connaissance. Nous parlerons de Régis, si vous voulez bien.

Ainsi formulée, l'invitation étonne Marie et la déconcerte quelque peu. Elle acquiesce néanmoins et suit son hôte jusque dans la maison. L'intérieur est aussi ordonné que l'extérieur. Les rideaux se déclinent également dans les tons de blanc et de vert, des teintes reprises pour les coussins et le recouvrement des chaises de la cuisine. Chaque objet est bien rangé. Il règne dans cette résidence une atmosphère de musée, et Marie hésite à s'asseoir, même si le jeune homme l'y invite.

— Je m'appelle Pierre-Luc Brière, dit-il en désignant une chaise de la main.

— Vous êtes un parent de Régis ?

— Oui... En fait, je suis son neveu. Par ma mère...

La seconde de flottement laisse sous-entendre autre chose, mais Marie n'insiste pas.

— C'est tellement étrange ce qui est arrivé, dit-elle. Je me demande bien ce qui a pu se passer. Je n'arrête pas d'y penser, et ça me désole. Si au moins je pouvais trouver un sens à ce drame. Vous en savez peut-être plus que moi ?

Pierre-Luc baisse les yeux, puis il détourne la tête. Il lui offre ensuite une boisson, sans la regarder, comme s'il avait besoin d'un moment de réflexion pour retrouver son assurance.

— J'avoue être aussi perplexe que vous, déclare-t-il enfin. Je n'étais pas à la maison, ce matin-là. Je suis parti assez tôt, car j'avais une rencontre avec mon directeur de thèse.

— Une thèse ? s'étonne Marie.

— Oui, je dois défendre ma thèse dans deux semaines. Je termine un doctorat en physique.

Aveuglée par des préjugés qu'elle ignorait entretenir, Marie ne s'attendait pas à une telle annonce. Avec son grand foulard autour du cou, ses cheveux attachés à la nuque et ses espadrilles rouges, ce jeune homme lui paraissait appartenir davantage au domaine des arts qu'au monde scientifique. Elle l'aurait imaginé peintre ou pianiste, peut-être même écrivain. Mais jamais elle n'aurait pensé avoir affaire à un homme de science. « Il faudra que je me rappelle de ne pas me fier aux apparences », se dit-elle. Toutefois, à partir de cette information surprenante, des dizaines de questions lui trottent maintenant dans la tête. Or, une seule jaillit la frontière de ses lèvres.

— Allez-vous pouvoir terminer le travail amorcé par votre oncle ? Ce serait trop dommage que ses recherches soient laissées en plan. Il doit avoir consacré tellement de temps à son livre !

— De quoi parlez-vous ?

Marie regrette déjà de s'être aventurée sur ce terrain. En principe, elle ne devrait rien savoir du projet de Régis Nantel. S'il ne lui avait pas parlé de son guide sur les champignons, c'est sans doute parce qu'il désirait garder le secret sur ses intentions. Par contre, si André Gravel avait cru bon de l'en informer, il y avait assurément une raison. D'une certaine façon, elle craint de jouer le jeu de l'enquêteur en interrogeant Pierre-Luc, mais c'est plus fort que sa volonté. Le policier a sciemment semé une graine dans son esprit, un doute, un soupçon qui doit être dissipé. Et seul le neveu de Régis pourra l'aider à se débarrasser de ce petit arrière-goût amer qui lui brouille l'estomac.

— J'ai cru comprendre que votre oncle travaillait à un ouvrage de référence consacré aux champignons du Québec. Est-ce que je fais erreur ?

Pierre-Luc Brière cache mal son étonnement. Marie croit même le voir rougir.

— Je suis étonné qu'il vous en ait parlé. Je l'aidais à l'occasion dans ses recherches et il m'avait fait promettre, plutôt deux fois qu'une, de ne rien révéler de son projet.

Sans préciser d'où elle tient cette information, Marie emploie un ton neutre pour ne pas éveiller la défiance du jeune homme. Si elle ne le détrompe pas, s'il continue de croire que Régis lui-même s'est confié à elle, il sera plus enclin aux confidences, pense-t-elle.

— Il était assez avancé, n'est-ce pas ? Le gros du travail était fait, je crois bien. Il ne restait plus qu'à mettre de l'ordre avant la publication. Une dernière révision...

— En effet. Mon oncle a bûché sur ce livre pendant des années. À force de recherches et de réflexion, il a fini par échafauder une méthode des plus efficaces, presque infaillible, pour identifier les champignons. Son bureau est rempli de dessins, de tableaux. C'était un travailleur acharné. Un vrai chercheur ! Il aurait pu...

L'étudiant ne termine pas sa phrase. Il donne soudain l'impression de quelqu'un qui voudrait ravaler ses paroles.

— Quelle tristesse ! se désole Marie.

Elle essaie de ramener la conversation sur un plan plus émotif, afin de ne pas effrayer le jeune homme.

Celui-ci se lève précipitamment et se dirige vers le réfrigérateur dont il extrait un gâteau aux carottes.

— Je vous offre une pointe de gâteau ? demande-t-il en tirant vers lui un jeu de couteaux aux manches d'un vert émeraude très élégant.

D'une esthétique sobre mais raffinée, les ustensiles sont insérés dans un socle de luxe aux jolies bordures dorées. On retrouve d'ailleurs ces minces lignes ambrées sur le manche des couteaux, tous de différentes dimensions. Éblouie, Marie ne peut s'empêcher d'admirer ces objets de collection. « Décidément, réfléchit-elle, cet homme singulier avait de la suite dans les idées. Et un goût certain pour les belles choses. Il a trouvé des couteaux de la même couleur que tout le reste, des ustensiles uniques et d'une rare beauté. » Peu intéressée par la mode ou la décoration intérieure, Marie trouve cette obsession pour l'uniformité des lieux pour le moins étrange. Elle aurait aimé jeter un coup d'œil aux autres pièces, juste pour vérifier jusqu'où le défunt a poussé sa maniaquerie. Toutefois, elle comprend que son hôte désire mettre fin à leur conversation. En lui offrant une collation, il souhaite faire diversion. Assurément, il n'abordera plus aucun sujet touchant la vie privée de son oncle.

— Non, je vous remercie, décline-t-elle le plus gentiment possible. Je vais plutôt vous laisser. Vous avez sans doute beaucoup de travail. Merci de m'avoir accueillie avec autant d'affabilité, et bonne chance pour votre thèse.

Le soulagement de l'étudiant est manifeste. Il ne cherche même pas à le dissimuler. Il arbore soudain un large sourire et ses muscles, contractés jusque-là, se détendent.

La main sur la poignée de la porte, prête à sortir, Marie se retourne et le regarde dans les yeux.

— Vous saviez que je préparais aussi un ouvrage sur les champignons ? Votre oncle vous en avait parlé ?

Le jeune homme écarquille les yeux.

— Non, dit-il. Mon oncle n'a jamais abordé ce sujet avec moi. Il était au courant ?

— Je lui en avais glissé un mot, mais sans donner trop de détails. Nous avons manqué de temps...

Pierre-Luc opine de la tête, l'air songeur.

Marie hausse les épaules, comme si cela n'avait plus aucune importance, et elle salue le jeune homme qui referme la porte derrière elle.

Sans comprendre d'où lui vient cet étrange sentiment, Marie sent une boule lui obstruer la gorge. Une peur irrationnelle l'envahit. Il lui serait bien impossible de préciser ce qui lui inspire cette frayeur. Elle ne peut expliquer de qui ou de quoi elle a peur. Mais elle a beau en appeler à la raison, cette conversation avec le neveu de Régis la laisse pantelante, épuisée, comme si elle avait escaladé une montagne sans jamais réussir à atteindre le sommet. Exténuée et insatisfaite. Un manque lui creuse l'estomac, telle une faim inassouvie. Elle n'a rien découvert qu'elle ne savait déjà, et pourtant ce qu'elle pressent l'effraie.

— Je suis une vraie idiote... J'ai trop lu de romans policiers. Mon imagination s'emballe. Une pauvre idiote...

Elle marmonne ainsi jusqu'à son auto, stationnée un coin de rue plus loin. Maintenant son équilibre avec difficulté, elle vacille comme si elle avait trop bu, peinant à retrouver ses repères. Cette visite devait l'aider à tourner la page ; elle l'a, au contraire, davantage bouleversée. Les questions qui la hantent depuis des jours demeurent, toujours aussi brûlantes, aussi dérangeantes.

Pourquoi Régis Nantel s'est-il rendu sur cette montagne sans la prévenir ? Pourquoi ne lui a-t-il jamais parlé de son livre ? Pourquoi est-il tombé de cette falaise ? Pourquoi est-il mort ? Pourquoi ? Pourquoi ? Pourquoi ?

Chapitre 10

Le lendemain matin, Marie vient juste de se lever lorsqu'elle reçoit un appel intrigant. Viviane Labonté l'invite à se rendre au poste de police. Malgré l'insistance de Marie, l'enquêtrice persiste à dire qu'elle ne peut pas répondre à ses questions pour l'instant.

— Rendez-vous au poste à dix heures trente, nous vous expliquerons, dit-elle avant d'interrompre la communication de façon assez cavalière.

Ébranlée, Marie n'a donc que le temps de se préparer. Elle mangera plus tard. De toute façon, cet appel lui a coupé l'appétit.

Tout en se pressant, elle se demande si elle ne devrait pas requérir les services d'un avocat. La dernière fois qu'elle a rencontré les enquêteurs chargés du dossier, ils lui ont affirmé que leur enquête était terminée. Et voilà qu'ils rappliquent.

De plus en plus perplexe et désemparée à mesure que s'égrènent les minutes, Marie n'arrive pas à deviner ce qu'ils cherchent, ni pourquoi ils s'acharnent sur elle. Pourquoi lui ont-ils menti ? Ils étaient censés la laisser en paix, puisque le cas avait été réglé. Elle les soupçonne de jouer au chat et à la souris avec elle, comme s'ils souhaitaient l'épuiser pour mieux l'abattre ensuite. Quelle mauvaise surprise lui préparent-ils ?

En pénétrant dans les bureaux de la police – où elle s'est rendue à pied, trop nerveuse pour conduire et comptant sur la marche pour l'apaiser –, Marie craint de ne jamais pouvoir en ressortir. Une sensation des plus désagréables dont elle n'arrive pas à se débarrasser. On va l'emprisonner sans raison, c'est certain. C'est écrit dans le ciel. Une autre erreur judiciaire comme on en voit dans les films. De l'abus de pouvoir. Rien de moins !

Quelques instants plus tard, elle tremble en déclinant son nom et son adresse au policier en uniforme préposé à l'accueil. Le jeune homme la regarde d'un œil accusateur, alors qu'elle aurait plutôt besoin d'être réconfortée.

Viviane Labonté arrive quelques minutes plus tard et invite Marie à la suivre. Celle-ci aimerait semer des cailloux comme le Petit Poucet pour être certaine de retrouver la sortie. Des portes se referment derrière elle et une frayeur incontrôlable la prend au ventre. Malgré son âge maintenant vénérable, elle n'était jamais entrée dans un tel lieu. Son seul délit à vie a été de ne pas faire un arrêt complet dans une zone scolaire. Elle s'était bien sûr assurée qu'il n'y avait personne, mais le policier qui surveillait les alentours avait jugé qu'elle avait agi trop promptement. « Il faut immobiliser votre auto avant de repartir », avait-il déclaré d'une voix sentencieuse. Elle avait rougi et avait accepté la remontrance sans rouspéter. Cette unique infraction l'avait suffisamment déstabilisée pour qu'elle en reste marquée à jamais et redouble ensuite de prudence. Marie est du genre à se conformer à la loi, à respecter les consignes, à craindre l'autorité. L'obstination des enquêteurs ainsi que ce lieu oppressant la troublent donc au plus haut point.

Une fois assise, elle tente sans succès de maîtriser sa nervosité. Son désarroi lui attire la pitié de Viviane Labonté, qui s'empresse de la rassurer.

– Pour clore notre enquête, nous avons besoin de quelques informations supplémentaires. Ne vous inquiétez pas. Je ne vous retiendrai pas longtemps.

Marie soupire. Elle voudrait répliquer. Cette enquête était censée être terminée. C'est bien ce qu'on lui avait dit. Elle n'a pas rêvé. D'ailleurs, comment aurait-elle pu rêver puisqu'elle dort à peine ? Elle garde cependant le silence, de peur d'éclater en sanglots.

– Vous vous êtes rendue, hier, à la résidence de la victime, n'est-ce pas ?

Le choc est si grand que Marie arrête de respirer pendant quelques secondes.

– Vous me surveillez ? demande-t-elle d'une voix chevrotante.

– Non, bien sûr que non ! Nous avons placé un de nos hommes devant la maison de Régis Nantel, juste au cas où un élément nouveau se présenterait. C'était une ultime tentative pour en savoir davantage. Ce cas nous intrigue, et même si nous avons conclu à un accident, nous espérons recueillir d'autres informations qui nous aideraient à mieux comprendre ce qui s'est passé.

Marie n'en croit rien, mais elle essaie quand même de répondre sans laisser deviner son inquiétude. De nouveau, elle pense à engager un avocat. L'idée fait son chemin dans son cerveau embrumé. Peut-être même devrait-elle se lever et quitter cet endroit avant qu'il ne soit trop tard.

Comme si elle avait suivi le cours de ses pensées, l'enquêtrice ajoute :

– Si vous préférez partir, je ne vous retiendrai pas. Vous en avez le droit, car je n'ai aucune raison légale de vous garder ici. Toutefois, si vous acceptez de nous aider encore une fois, nous vous en serons reconnaissants.

– Que voulez-vous savoir ?

– Vous avez parlé à Pierre-Luc Brière, le neveu de monsieur Nantel, n'est-ce pas ?

– En effet.

– Acceptez-vous de me répéter le contenu de votre conversation ? Essayez d'être le plus exacte possible. Chaque détail compte.

En se concentrant, Marie rapporte le plus fidèlement possible son entretien avec Pierre-Luc. Elle n'a rien à cacher. Leurs échanges ont été somme toute anodins. Rien de compromettant, ni d'un côté ni de l'autre.

Viviane Labonté semble déçue, mais elle sourit à Marie pour la rassurer.

– Auriez-vous remarqué un détail particulier ? Quelque chose d'intrigant, qui aurait piqué votre curiosité ?

Marie réfléchit un instant, puis elle esquisse une moue dubitative. À part les couleurs uniformes de la maison, qui se retrouvaient partout, à l'extérieur comme à l'intérieur, et même dans la coutellerie de luxe, elle ne voit pas ce qui aurait pu attirer son attention. Convaincue que l'enquêtrice ne recherche pas ce genre de détails, elle tait donc ses observations concernant la décoration. Il lui semblerait incongru et très futile de critiquer les goûts esthétiques d'un mort. Ce serait lui manquer de respect.

– Je ne vois pas, dit-elle. Tout semblait normal. Je crois que le neveu de Régis s'occupe bien de la maison. On n'y sentait pas l'absence ou le vide. Je n'ai vu que la cuisine et la salle à manger attenante, mais les pièces semblaient habitées.

– Et Pierre-Luc Brière ? Il était nerveux ?

– Un peu, surtout au début. Troublé par la mort de son oncle, il semblait content de pouvoir en parler. J'ai eu l'impression qu'il trouvait dans notre échange un peu de soulagement et de réconfort.

Viviane Labonté hoche la tête à quelques reprises.

Après avoir posé deux autres questions auxquelles Marie répond de son mieux, elle invite cette dernière à la suivre et la reconduit à la sortie en la remerciant de sa collaboration.

À son tour, Marie aurait des dizaines de questions à poser. Pourra-t-elle maintenant reprendre le fil de sa vie sans craindre une nouvelle intrusion de la police dans son quotidien ? Pierre-Luc est-il soupçonné ? L'enquête est-elle réellement terminée cette fois ?

L'enquêtrice a déjà ouvert la porte. D'autres tâches l'appellent. Un petit salut et la voilà repartie.

L'air frais du dehors se faufile dans le manteau grand ouvert de Marie. Elle en resserre les pans autour de son corps frileux, puis s'élance dans la rue avec la même énergie qu'un champion olympique. Plus vite elle s'éloignera de ce bâtiment lugubre aux odeurs âcres et surannées, plus vite elle pourra laisser derrière elle cette période troublante et épuisante de sa vie.

Marchant à grands pas, elle se sauve sans trop regarder où elle met les pieds, sans même réfléchir à autre chose qu'à sa fuite, et tombe nez à nez avec son amie Francine qui sort du bureau de poste. Un homme l'accompagne. Un inconnu.

Quelques jours plus tôt, avant que ne débute cette malheureuse histoire, les deux amies se seraient jetées dans les bras l'une de l'autre comme elles l'ont fait avec bonheur pendant tant d'années. Aujourd'hui, une gêne perceptible les cloue sur place. Des cordes invisibles les retiennent chacune de leur côté ; le lien qui les unissait semble brisé.

Marie est la première à réagir.

— Tu vas bien ? demande-t-elle en tentant de rester le plus naturelle possible.

— Oui, merci. Que faisais-tu dans le coin ?

En parlant, Francine a jeté un coup d'œil vers le poste de police, comme si elle avait deviné que son amie en sortait. De plus, elle ne semble pas pressée de présenter son compagnon. Celui-ci sourit, l'air un peu bête, bien conscient de se trouver à la mauvaise place au mauvais moment.

Attristée par le malaise qui persiste et qui les empêche, elle et Francine, de se retrouver avec la même jovialité qu'autrefois, Marie décide de prendre le taureau par les cornes. Les faux-semblants et les sourires hypocrites ne lui ont jamais réussi. Elle préfère crever l'abcès au risque de souffrir ou de voir la plaie s'infecter.

— Je suis désolée que tu aies eu à subir des désagréments à cause de notre amitié, affirme-t-elle avec une profonde sincérité. Cette triste histoire est derrière nous, heureusement, et tu ne seras plus ennuyée, je peux te l'affirmer.

Francine rougit. Sa première réaction après la visite des enquêteurs a été dictée par la peur. Elle regrette son emportement, certes, mais le rôle joué par son amie dans la mort du mycologue reste nébuleux. Tant de ragots et de rumeurs ont couru dans la petite ville depuis quelques jours, qu'elle ne sait trop comment se comporter. Elle a entendu les pires calomnies au sujet de Marie. On a parlé d'adultère, de règlement de comptes et pire encore. En son for intérieur, Francine ne doute pas de l'honnêteté de son amie et de son innocence. Elle la connaît depuis plus de trente ans, assez longtemps donc pour apprécier sa droiture et sa bonté. Marie ne ferait pas de mal à une mouche. Cependant, Francine ne se sent pas assez forte pour affronter les questions et les commérages que cette rencontre fortuite ne manquera pas de susciter. De plus, elle n'est pas seule. Cette nouvelle relation ne tient que par un fil. Un rien pourrait la rompre et cela, elle veut l'éviter à tout prix. Divorcée depuis plus de vingt ans, elle a attendu l'âme sœur trop longtemps pour risquer de la perdre. Dick était chez elle quand les enquêteurs sont venus l'interroger. Ils se connaissaient à peine. C'était, à vrai dire, leur premier rendez-vous officiel. Francine a eu si peur qu'il prenne ses jambes à son cou ! Alors, même si elle fait ainsi preuve d'une grande lâcheté et qu'elle est bourrelée de remords, elle préfère, dans les circonstances, se tenir loin des Gadouas-Leclerc. Du moins pour un temps...

— Excuse-moi, je suis un peu pressée. On m'attend.

En regardant sa vieille complice s'éloigner avec son nouveau compagnon, dont elle n'a rien pu apprendre, même pas le nom, les yeux de Marie s'embuent. Elle aurait tellement eu besoin de se confier, de demander conseil. Juste parler, de tout et de rien, pour se libérer de l'étau qui lui serre les tempes. À son alliée de toujours, elle aurait confié ses problèmes conjugaux, sa perplexité face à la mort de Régis Nantel. Bien sûr, elles se seraient un peu chamaillées, et Francine, qui ne mâche pas ses mots, se serait sans doute moquée de ces dilemmes existentiels, de ces problèmes sans véritable solution dont Marie a le secret. À la fin, elles auraient ri

pour se réconcilier. Elles se sont ainsi disputées puis raccommo-
dées des dizaines de fois. Leur longue relation était faite de ces
petites chicanes qui leur permettaient de lâcher du lest et de se
venger des revers que la vie leur réservait.

Aujourd'hui, Marie doute fort de pouvoir recoller les morceaux.
Elle se sent trahie ; elle ne comprend pas. Serait-ce parce que cet
homme, ce personnage sans nom qui s'est immiscé dans la vie de
Francine, lui dicte sa conduite ? Un nouvel amoureux pourrait-il
avoir ce pouvoir sur une femme qui a tant vécu ? D'emblée, Marie
prête à cet inconnu de mauvaises intentions. Elle est toute disposée
à accuser cet homme de tous les torts dans le différend qui l'oppose
à Francine, protégeant ainsi leur tendresse réciproque. Il lui faut
un coupable et il fera l'affaire. Une chose est sûre : elle n'aimera
jamais cet étranger qui aurait dû parler, qui aurait pu, avec un peu
de tact, alléger l'atmosphère, mais qui s'est tu.

Pour contrer la tristesse qui l'envahit, elle décide de faire un
détour par le boisé des Pèlerins. La nature brille de mille feux. Les
érables en bordure de la route rivalisent de beauté. Les jaunes,
les rouges, les orangés se succèdent dans une palette de couleurs
éblouissantes. De mémoire de sexagénaire, elle n'a jamais vu un
automne aussi spectaculaire. Dans le petit boisé urbain, une rangée
de peupliers plus que centenaires répandent une douce lumière
solaire. Leurs feuillages dorés surplombent le sentier et forment
une arche au-dessus des promeneurs.

Marie contemple cette nature généreuse qui se meurt avec tant
d'élégance. Elle ne songe à rien d'autre. Cette pause ne dure qu'une
quinzaine de minutes, mais elle suffit à la régénérer. Ses pupilles
s'imprègnent des coloris d'automne et la grisaille du poste de police
s'efface peu à peu de sa rétine, de même que l'odeur de renfermé
qui lui obstruait les narines. Même les propos des enquêteurs se
dissipent dans la brise qui secoue les branches.

Au bout d'un moment, elle reprend sa route en poussant un
soupir. Elle marche à petits pas pour baigner le plus longtemps
possible dans ce décor féerique, presque irréel. Elle cherche

comment ne pas rentrer à la maison, comment fuir ce qui n'est pas la beauté pure, le silence recueilli. Or, sans qu'elle le souhaite, et malgré de nombreux détours, sa promenade la ramène chez elle.

Une auto est stationnée dans l'entrée, juste derrière la sienne.

De nouveau, elle se sent piégée.

Si elle se fie à son air maussade, son frère attendait sur la galerie depuis un certain temps. Trop longtemps à n'en pas douter pour son tempérament bouillant. Habillé comme un mannequin tout droit sorti d'un défilé, le foulard au cou et les souliers reluisants – griffés évidemment –, Michel se tient sur le bout de la vieille chaise de parterre un peu bancale, qu'il a dû essuyer plusieurs fois avant de s'y asseoir.

En apercevant sa sœur, il bondit de son siège inconfortable avec la détermination d'un prédateur qui ne veut pas laisser filer sa proie. Il a raison de se dépêcher, car Marie songeait sérieusement à rebrousser chemin sans même le saluer. Cette journée a été assez pénible jusque-là sans qu'elle ait de surcroît à supporter les récriminations de son frère. Elle aurait dû rester dans le parc plus longtemps, s'y terrer jusqu'à la nuit, disparaître dans les feuilles mortes.

– Te voilà enfin ! Veux-tu bien me dire où tu étais passée ? J'ai autre chose à faire que de poireauter sur ta galerie. D'ailleurs, tu devrais balayer de temps en temps, ça ne ferait pas de tort. C'est difficile de trouver un coin assez propre pour...

À court de patience, incapable d'en endurer davantage, Marie lui coupe la parole sur un ton cassant qui trahit son irritation :

– Personne ne te retient. Si ma galerie est trop sale pour toi, fiche le camp !

Elle le pousse ensuite sans ménagement pour se frayer un passage et glisse la clé dans la serrure en espérant que son frère la prendra au mot. Or, il la suit à l'intérieur.

– Mauvaise journée ? demande-t-il, soudain radouci.

Malgré leurs habituelles prises de bec, ils s'aiment beaucoup. Sans jamais en avoir parlé, chacun sait très bien que l'autre ne le laissera pas tomber en cas de malheur. D'ailleurs, aujourd'hui plus que jamais, Michel compte sur l'accord tacite qui les unit.

Marie se contente de hocher la tête, trop lasse pour lui raconter les nombreux désagréments auxquels elle doit faire face. Elle sort plutôt deux verres de l'armoire de cuisine, puis elle ouvre le réfrigérateur et en retire une pinte de lait. Depuis qu'ils sont tout petits, leurs disputes se sont souvent réglées autour d'un lait au chocolat. Ce sera peut-être le cas encore une fois.

Après s'être assise à la table de la cuisine, Marie regarde son frère dans les yeux en espérant qu'il comprendra son désarroi sans qu'elle ait besoin de parler.

— Que veux-tu ? dit-elle. Si c'est encore au sujet de la visite des enquêteurs, je crois que ça ne se reproduira plus. Ils vont nous laisser en paix.

Elle le supplie du regard. Il ne doit pas en rajouter, ni remuer les braises. Son frère doit se ranger de son côté. Elle compte sur lui. Sinon, à qui d'autre pourra-t-elle demander de l'aide désormais ? Ils ont grandi ensemble, ils ont eu peur ensemble, ils ont ri, joué, inventé, menti ensemble. Si son frère ne la défend pas contre l'adversité, qui le fera ?

Michel hésite, mal à l'aise. Sa sœur lui paraît soudain si fragile, si consternée, qu'il n'ose pas aller de l'avant avec sa demande. Pour la première fois, il sent une véritable différence d'âge entre eux. Son aînée lui semble aujourd'hui vraiment plus vieille que lui, alors que jusque-là personne n'aurait pu dire qui, du frère ou de la sœur, était le plus âgé, ce qui l'a toujours un peu agacé. La voyant si vulnérable, il ne souhaite pas l'accabler davantage et aimerait prendre le temps de l'écouter. Oui, il aimerait pouvoir le faire, mais c'est impossible. Il n'a pas le choix.

— Non, ça n'a rien à voir avec cette histoire. C'est oublié. Il s'agit d'autre chose. J'aurais préféré te tenir à l'écart de mes tracas, mais je ne peux pas. J'ai besoin de toi.

Marie lève la main pour le faire taire. Son frère doit boire son lait au chocolat et se taire. Elle n'est pas en état d'aider quiconque.

– Je voudrais que tu parles à notre père, reprend Michel, insensible à la supplique muette de sa sœur aînée.

– À quel sujet ? demande celle-ci, résignée.

De toute évidence, son frère ne partira pas tant qu'elle ne l'aura pas écouté.

– J'ai besoin d'argent. C'est urgent.

– Papa n'a pas d'argent.

– Si, il en a, et je voudrais le convaincre de me donner mon héritage maintenant. Il faut que tu lui parles. Toi, il t'écoutera.

– Quoi ?

Marie est horrifiée et elle ne cache pas sa stupéfaction.

Cette fois, son frère dépasse les bornes.

Cet homme à femmes qui a été choyé, cajolé, chouchouté par sa mère ne s'est jamais remis de la mort de cette dernière, survenue trop tôt, alors qu'il était en pleine crise d'adolescence. Marie a bien tenté, à sa manière, de compenser cette énorme perte. Elle a protégé son frère en essayant de son mieux de le consoler et de remplir le vide créé par la disparition de leur mère, mais elle n'était alors qu'une jeune adulte, profondément marquée elle aussi par ce deuil, trop fragile pour prendre en charge un adolescent révolté par la vie et la mort. À son cadet, elle a tout pardonné pendant des années. Elle a plaidé sa cause de multiples fois auprès de leur père. Celui-ci n'a jamais été tendre pour son fils, trop différent de lui pour qu'il puisse même essayer de le comprendre. Trop souvent, Marie a dû jouer le rôle d'arbitre entre eux. Chaque fois, elle a eu l'impression que le lien qui l'unissait à son frère s'effilochait et qu'elle n'y pouvait rien. En écoutant Michel aujourd'hui, elle sait avec certitude que ce lien vient de se briser. Et même si elle l'a défendu très souvent, elle se range maintenant du côté de leur père. Depuis que celui-ci est vieux et souffrant, elle considère que Michel devrait mettre de l'eau dans son vin et préserver le temps précieux qu'il leur reste. Ils seront bientôt orphelins, dans quelques mois, au mieux quelques années. Comment se fait-il que son frère n'en soit pas conscient ?

– Tu n'es pas sérieux! reprend-elle après quelques secondes. Papa est malade. Il a quatre-vingt-dix ans et tu voudrais le pousser dans la tombe? Laisse-le vivre ses dernières années dans la quiétude. Il le mérite.

– Voyons! s'indigne Michel. Tu ne comprends donc rien à rien! Tu l'as dit toi-même : il a atteint l'âge vénérable de quatre-vingt-dix ans. À cet âge, on n'a pas besoin de grand-chose. Dans quelques années, il sera mort et son argent n'aura servi à rien, alors que j'en ai tant besoin maintenant. Je suis sûr qu'il ne dépense pas beaucoup dans le seul but de nous laisser un héritage. Alors, qu'il me le donne maintenant ou plus tard, ça ne dérange personne.

– Tu es ignoble! Je ne te reconnais plus. Dans quel pétrin es-tu allé te fourrer pour être devenu aussi cynique? Ne compte pas sur moi pour t'aider cette fois. Tu vas trop loin!

Michel se lève, furieux.

– Si tu n'avais pas tant déblatéré sur mon compte auprès de notre père, nous aurions eu une meilleure relation, lui et moi! C'est ta faute si nous avons tant de mal à nous comprendre. Tu t'es acharnée à lui présenter une image de moi dévalorisante.

Marie ne répond pas, trop blessée par ces accusations mesquines et injustifiées pour répliquer. Les larmes lui montent aux yeux.

Aussitôt, son frère se rapproche, repentant.

– Mes paroles ont dépassé ma pensée, dit-il en posant un bras autour des épaules de sa sœur.

Celle-ci réagit plus vivement que s'il avait voulu la frapper.

Elle se dégage d'un geste brusque et se lève.

Sans dire un mot, elle se dirige vers la porte qu'elle ouvre toute grande, puis elle revient sur ses pas et, sans même regarder son frère, elle va s'enfermer à double tour dans son bureau.

Quelques instants plus tard, elle entend l'auto de Michel qui quitte la cour.

Alors, elle s'assoit par terre et pleure toutes les larmes de son corps.

Chapitre 11

À la résidence où habite son père, le concierge l'accueille avec un grand sourire.

— Monsieur Gadouas est dans la verrière, dit-il. Il est en compagnie de monsieur Benoît. Quand je les ai salués, ils commençaient une partie de cartes, je crois bien.

La nouvelle réjouit Marie. La dernière fois qu'elle est venue le visiter, il y a environ deux semaines, son père lui a paru apathique. Il manquait d'appétit, avait beaucoup maigri, ne souriait plus que tristement, lui qui, autrefois, s'amusait d'un rien. Marie s'en veut de n'être pas revenue le voir plus tôt, mais les événements des derniers jours l'ont tenue occupée. Et préoccupée. Ce n'est pas une excuse, certes, et elle en est bien consciente. Or il est trop tard pour se flageller et culpabiliser. Elle est là maintenant, et elle compte bien passer un bon moment avec son père. Mais tout d'abord, elle tient à vérifier si Michel n'est pas venu le harceler depuis leur altercation, deux jours plus tôt. Si c'est le cas, elle devra rassurer son père et lui dire qu'il n'est pas tenu de répondre aux exigences de son fils. Il doit d'abord penser à lui et à son bien-être. À son âge, le reste est secondaire.

Dans la verrière, une pièce minuscule bordée d'immenses fenêtres, les deux amis jouent à la canasta. Marie les observe un instant à la dérobée. Monsieur Benoît est plus jeune que son père. De quelques années à peine, mais la différence est tout de même perceptible. En effet, malgré ses quatre-vingt-cinq ans bien sonnés, Hervé Benoît se tient droit comme un chêne. Il dégage une force virile qui lui donne fière allure et atténue le poids des années. En face de lui, Roland Gadouas fait figure de vieillard, avec son dos courbé, ses mains qui tremblent et son visage marqué de rides profondes.

En regardant son père déposer d'un geste hésitant les cartes sur la table, Marie éprouve un sentiment mitigé, fait d'une immense affection et d'une inconsolable nostalgie. Elle se rappelle l'admiration sans bornes qu'elle vouait à cet homme quand elle était enfant. À ses yeux de petite fille, Roland Gadouas savait tout. Sa prodigieuse érudition la fascinait. Son père adoré répondait à ses nombreuses questions sans hésiter, énumérait des noms de villes où elle était convaincue de ne jamais pouvoir aller ; la grammaire n'avait aucun secret pour lui ; il racontait l'histoire du monde avec une assurance qui démontrait hors de tout doute ses incroyables connaissances encyclopédiques. Bien sûr, en vieillissant, Marie a pu détecter des lacunes chez son idole. Avec le temps, elle a trouvé le moyen de corriger certaines erreurs qu'il lui avait transmises. Mais son admiration pour cet homme, son héros, son modèle, ne s'est jamais démentie.

— Tu as de la belle visite, Roland !

Monsieur Benoît l'a aperçue avant qu'elle ne signale sa présence.

— Je ne veux pas interrompre votre partie, s'excuse Marie.

— Ça ne fait rien, la rassure Hervé Benoît en lui adressant un clin d'œil. J'étais en train de perdre et je déteste ça. Votre père est un joueur redoutable, vous savez.

— Et toi, un fieffé menteur, et médiocre à part ça ! lance Roland Gadouas en tentant de se lever pour venir au-devant de sa fille.

Marie se hâte de le rejoindre pour lui éviter cet effort. Elle se penche vers lui et l'embrasse sur la joue pendant que monsieur Benoît quitte la table en les saluant. Une fois seuls, le père et la fille s'enlacent avec tendresse, puis Marie s'installe sur la chaise laissée vacante. Elle souhaite tout simplement jouir de la présence de son père, un plaisir qui lui sera enlevé dans peu de temps, elle le sait bien. Le silence ne les effraie pas, ni l'un ni l'autre. Ils savent comment l'habiter d'un regard complice, souvent plus éloquent que de grands discours.

Marie se contenterait de cette pause, de la simple présence, du souffle de vie partagé, mais malgré ses réticences, elle devra bien trouver un moyen d'aborder le sujet qui la préoccupe.

Pendant que son père rassemble les cartes pour les remettre dans leur boîte, une tâche dont il s'acquitte avec difficulté à cause de ses mains tremblotantes, elle réfléchit à la manière de soulever la question sans heurter la sensibilité exacerbée du vieil homme. Depuis quelque temps, en effet, Roland Gadouas s'émeut d'un rien. Les larmes lui montent souvent aux yeux, comme s'il avait perdu ses défenses, comme s'il vivait à fleur de peau, sans cesse écorché. Dans son cas, la carapace – que chacun se forge pour résister aux épreuves du quotidien – s'est brisée, fendillée. Les émotions atteignent l'âme et la malmènent. À court d'armes, le pauvre homme ne peut plus lutter.

Pendant que Marie tergiverse – parler ou se taire –, son père réussit à terminer son rangement.

Ils se regardent ensuite, sans parler autrement que par le sourire échangé.

Marie hésite toujours sur l'attitude à adopter, celle qui préserverait le mieux son père de tous les tourments.

– Michel est venu me voir hier.

Marie tressaille.

Roland Gadouas a abordé le sujet tabou avant qu'elle-même en ait le courage. Fin renard, il a deviné la raison de sa visite.

– De quoi avez-vous parlé ? demande Marie.

– D'argent.

Le vieil homme refuse de louvoyer. Il n'en a plus le temps. Il préfère aller droit au but. Cependant, ses yeux s'embrouillent et il baisse la tête pour cacher son désarroi.

— Il ne faut pas t'en faire pour ça, dit Marie en rapprochant sa chaise pour toucher le bras de son père. Michel traverse une période difficile et il ne sait plus trop à quel saint se vouer. Je ne sais pas ce qu'il t'a dit, mais je suis convaincue qu'il n'en pensait pas la moitié. Tu sais comment il est ! Il s'emballe puis il regrette.

— Je ne veux pas que tu t'inquiètes pour moi, lui répond son père en posant une main sur la sienne. Je suis un grand garçon, tu sais. Je peux me défendre.

Roland Gadouas grimace un sourire forcé qui n'arrive pas à faire oublier ses yeux mouillés. L'âme chagrine, Marie le réconforte de son mieux, en prenant bien soin de ne pas le blesser dans sa dignité.

— Je ne doute pas de tes capacités à te défendre, mais je vais quand même parler à Michel. Il ne doit pas t'ennuyer avec ses problèmes. C'est à lui de les régler, et à personne d'autre.

— Si seulement j'étais riche, marmonne le nonagénaire. Je vous donnerais tout ce que j'ai, à toi et à ton frère. Tu me crois, n'est-ce pas ?

— Bien sûr ! Tu as toujours voulu nous décrocher la lune ! Tu es un père extraordinaire et d'une grande générosité. Je ne t'échangerais pas pour tout l'or du monde ! Et Michel non plus, j'en suis certaine !

Le vieillard sourit, de bonne grâce cette fois. Un sourire d'enfant qui va droit au cœur de Marie. Du bout des doigts, elle caresse le bras ridé et maigre de son père. Ce bras, autrefois si puissant, qui l'a aidée à enjamber des ruisseaux, qui l'a poussée jusqu'au faîte des montagnes. Ce bras qui l'a soulevée au-dessus des foules, lui permettant d'apercevoir l'horizon. Aujourd'hui, la chair flasque et ravinée, sans veines apparentes, sauf quelques filets bleuâtres, donne une impression de vulnérabilité, de presque mort, comme si le sang avait cessé de circuler dans ce corps vieilli, las de combattre.

– Je t'aime, murmure Marie avec une voix de petite fille qui l'étonne elle-même et l'émeut.

En présence de son père, elle replonge souvent dans l'enfance, dans cet univers merveilleux où son idole a joué pour elle les plus beaux rôles, les plus enveloppants, les plus consolateurs.

Touché, Roland Gadouas dépose un baiser sur le front de sa fille, puis il tend la main pour qu'elle l'aide à se lever. En le raccompagnant à sa chambre, Marie pense à son frère et un nœud lui serre la gorge, car elle ne pourra jamais lui pardonner. Il a franchi une limite qu'ils s'étaient implicitement imposée. Malgré son excentricité et son impulsivité, Michel réussit tant bien que mal depuis l'enfance à se tenir aux confins du raisonnable, de l'acceptable. Cette fois, il a basculé dans l'inadmissible, et ce geste inexcusable, Marie ne pourra jamais le rayer de sa mémoire. Elle a épuisé ses réserves de pardons, et même si elle ne peut déroger à ses propres règles ni aller à l'encontre de ses propres valeurs, la cassure irréversible lui fend le cœur.

En montant dans sa voiture une heure plus tard, elle emporte avec elle l'image d'une famille disloquée. Et plus encore ! Que lui reste-t-il ? À quoi, à qui pourra-t-elle se raccrocher désormais ? Un père qui l'abandonne à son corps défendant, un frère qui a dépassé les bornes et à qui elle n'accorde plus sa confiance, un mari qui l'a trompée, une amie – deux amies, plutôt –, qui l'ont trahie... Puisque tout ce qu'elle a bâti s'effondre comme un château de cartes, à quoi riment son passé et son avenir ? Même le présent n'a plus de sens.

Bien enfoncée dans son malheur, devenu presque confortable à force d'être nourri, caressé et ressassé, Marie revient chez elle le cœur gros, résignée à ne plus jamais être heureuse. Elle en vient même à compter les années qu'il lui reste à vivre pour évaluer le temps qu'elle aura à cohabiter avec son infortune. Quand la soixantaine a été bien entamée, le seul espoir qui reste, c'est celui de la délivrance. Elle pense à une amie, partie beaucoup trop tôt et qu'elle n'a jamais pu remplacer, faute de candidates à la hauteur. Leurs discussions lui manquent soudain cruellement. Mireille trouverait les mots justes. Sans complaisance, sans faux apitoiement, mais avec la gentillesse et la délicatesse nécessaires. Mais elle n'est plus là...

Devant chez elle, un garçon d'une dizaine d'années environ s'amuse sur une planche à roulettes. Il manque d'expérience, mais il arrive à garder son équilibre sur une bonne distance. Jolie petite tête blonde sur un corps maigre et tout en longueur.

Incapable de prévoir avec exactitude les mouvements du planchiste en herbe, Marie s'engage dans sa cour avec précaution. Elle n'a pas sitôt garé sa voiture qu'elle entend qu'on l'appelle.

– Marie ! Vous voilà ! J'ai bien fait d'attendre.

D'abord, elle ne reconnaît pas la jeune femme qui vient vers elle. En vérité, une sphère de son cerveau refuse de la reconnaître. Sans doute parce qu'elle pressent instinctivement la souffrance qui la guette, elle hésite à mettre un nom sur ces traits expressifs qui ont gardé une vivacité enfantine malgré les années qui ont passé. Puis l'inconnue repousse une mèche de cheveux qui lui couvrait le front, et Marie ne peut plus refouler le souvenir vif et prenant qui ressurgit avec une grande intensité.

– Stéphanie ! C'est bien toi ?

L'autre se précipite dans ses bras et les deux femmes s'étreignent. Elles ne se sont pas vues depuis douze, treize ans, peut-être même plus. Dans son excitation, Marie ne réussit pas à compter. Les années défilent dans sa tête, les images affluent, les unes et les autres dans le désordre. Des éclats de rire se mêlent aux larmes, des joies et des douleurs se confondent, accompagnées par des accès de colère et d'incompréhension. En serrant Stéphanie dans ses bras, Marie plonge dans un passé douloureux, qu'elle n'a toutefois jamais voulu oublier parce qu'au-delà du malheur, il parle de tendresse et d'amour.

Quand elle relâche son étreinte, elle aperçoit le petit garçon qui les observe en pressant sa planche sur son cœur. Il se tient derrière

Stéphanie, prêt à la soutenir dirait-on, comme un petit homme fier des responsabilités qui lui incombent.

— Je vous présente mon fils Noé, dit Stéphanie en poussant l'enfant vers Marie.

Celle-ci se penche vers lui, et le garçon la dévisage sans fuir son regard. Il a des yeux d'un bleu azuré, ornés de grands cils soyeux. Son visage est d'une beauté sidérante, unique. Une beauté innocente qui ne sait rien d'elle-même, qui ne profite pas de son pouvoir et se laisse admirer en toute simplicité.

— Je peux t'embrasser ? demande Marie, qui a soudain très envie de tenir cet enfant dans ses bras.

Il ne rouspète pas quand elle le presse sur son cœur. Ces quelques secondes la comblent de bonheur, alors qu'elle se croyait condamnée au malheur. Cependant, le garçon semble mal à l'aise et elle le libère en le remerciant.

— Votre visite me fait un plaisir immense, avoue Marie en regardant tour à tour l'enfant et sa mère. Entrons dans la maison. Je ne vous laisse plus repartir.

— Est-ce que je peux rester dehors ? demande Noé en levant des yeux suppliants vers sa mère.

Évidemment, les conversations des grands ne l'intéressent pas. Il préfère de beaucoup continuer à jouer avec sa planche à roulettes.

— D'accord, mais tu ne t'éloignes pas et tu me promets d'être prudent.

Comme tous les enfants ennuyés par ces recommandations d'adultes, Noé hoche la tête puis tourne les talons. Il reprend ses exercices périlleux pendant que les deux femmes entrent dans la maison – bras dessus, bras dessous comme deux copines, malgré la différence d'âge.

Marie rassure Stéphanie qui peine à détacher son regard de son fils.

— Nous nous installerons dans le salon, de façon à ce que tu puisses le surveiller.

Ainsi tranquillisée, la jeune femme accompagne son hôtesse avec enthousiasme.

Une fois à l'intérieur cependant, elle reste sur le pas de la porte, incapable d'aller plus loin. Marie comprend son malaise. Elle éprouve le même sentiment d'irréalité, comme si le temps leur échappait et qu'elles n'avaient plus aucun contrôle sur lui. Il joue avec elles, les ramène dans une autre vie, dont elles connaissent trop bien le triste dénouement.

— Je m'ennuie tellement de lui, murmure Stéphanie. Après tant d'années, je n'y arrive toujours pas...

En revenant sur les lieux de sa jeunesse, après avoir parcouru le monde, l'intention de Stéphanie n'était certes pas de réveiller de mauvais souvenirs, mais ceux-ci s'imposent et enferment les deux femmes dans un lieu hanté dont elles croyaient s'être échappées avec le temps.

— Je sais, dit Marie en prenant gentiment sa visiteuse par le bras pour l'entraîner au salon.

— Ça fait si longtemps, et parfois j'ai l'impression qu'il va m'appeler pour me raconter son long voyage.

— Ce n'est peut-être pas si insensé. Chaque jour, j'entends sa voix. Sans une photographie, j'ai du mal à me rappeler son visage en détail, mais je n'ai jamais oublié le son de sa voix.

Bien que l'évocation soit douloureuse, Marie ne résiste pas au bonheur de parler de son fils décédé quinze ans plus tôt. Avec Julien, ces conversations nécessaires n'ont jamais eu lieu. Après la mort de Jonathan, leur unique enfant, son mari s'est emmuré dans un silence glacial, impénétrable. Il a refusé d'évoquer quelque souvenir que ce soit concernant son fils. Il a même rayé son nom de sa mémoire, alors que Marie l'a répété pendant des nuits entières, comme si cela pouvait le maintenir en vie, où qu'il soit. Elle le criait, le murmurait, le chantait sur tous les tons, de toutes les manières, convaincue que Jonathan l'entendait et s'abreuvait à sa voix pour vivre quelques instants de plus, quelques heures, encore quelques jours. Chaque fois qu'elle s'endormait, épuisée, elle se

réveillait en sursaut quelques minutes plus tard, avec le sentiment effroyable d'avoir abandonné son fils dans une nuit sans fin,
alors qu'il comptait sur elle pour éclairer ses ténèbres. Alors elle
recommençait à réciter son nom comme un mantra, jusqu'à ce que
le sommeil la reprenne et la soustraie à son devoir de mère pour
une brève accalmie. Si elle avait pu partager ce chagrin dévorant
avec Julien, peut-être aurait-elle évité la dépression qui lui a volé
des années de sa vie. Du moins l'a-t-elle pensé au début. Elle en
a beaucoup voulu à son mari, puis elle a compris que chacun se
défendait à sa manière contre le désespoir. Julien a choisi le silence
et le déni et elle n'a plus envie de le lui reprocher. Par contre, elle
sait maintenant que c'est juste après la mort de Jonathan qu'ils ont
commencé à se quitter.

Stéphanie reste silencieuse. Pour apaiser son âme troublée,
elle observe son fils qui prend de plus en plus d'assurance sur sa
planche. Comme dans la vie, d'ailleurs.

— Quel âge a-t-il? demande Marie qui a suivi son regard.

— Dix ans. Déjà...

— Tu peux me parler de son père?

La jeune femme se rembrunit. Elle n'aime pas évoquer son
divorce difficile, plein de hargne d'un côté comme de l'autre.

— Perdu de vue..., chuchote-t-elle, désireuse d'en rester là.

Marie n'insiste pas.

— Parle-moi de toi, reprend-elle sur un ton joyeux. Dis-moi
tout! Je suis si heureuse de ta visite!

Discrète comme à son habitude, Stéphanie résume en quelques
mots les quinze dernières années de sa vie. Un exil, loin, très loin,
une naissance et une renaissance, beaucoup de travail et une
séparation...

— Je devais partir, vous comprenez? Je ne pouvais plus rester
ici. Chaque coin de rue, chaque maison, chaque sentier me rappelait Jonathan. Je devais m'éloigner, changer de pays, de langue, de
rythme.

Marie acquiesce en silence, d'un simple signe de tête.

Bien sûr, elle comprend.

Stéphanie et Jonathan étaient follement amoureux. On ne voyait jamais l'un sans l'autre. Quand ils devaient se séparer, même pour un court laps de temps, ils se téléphonaient plusieurs fois par jour. Trop jeunes, ils n'avaient pas encore compris que chaque personne est l'artisan de son propre bonheur, mais ils s'en portaient très bien, chacun se consacrant à rendre l'autre heureux. À la mort de Jonathan, Stéphanie n'avait que vingt ans. Ils se fréquentaient depuis deux ans, en complète symbiose. La jeune amoureuse s'était effondrée. Ses proches avaient cru qu'elle rejoindrait bientôt son bien-aimé. Son désespoir n'était pas feint. Stéphanie était anéantie, incapable de reprendre sa vie en main, brisée en mille morceaux. Quand elle sortit finalement de sa prostration et retrouva un semblant de volonté et d'aplomb, elle décida de fuir. Elle ne pouvait rien faire d'autre : fuir le plus loin possible. En espérant laisser derrière elle l'accablement dans lequel elle était plongée. Dans son affliction, elle avait oublié qu'on peut être malheureux partout, que la tristesse vient du dedans et non du dehors et qu'on la transporte comme un boulet, où qu'on aille.

— J'y ai mis beaucoup de temps, mais j'ai fini par remonter à la surface. D'une certaine façon... Sans le savoir, Noé m'a beaucoup aidée à retrouver goût à la vie.

— Es-tu revenue pour de bon au Québec ?

— Oui. L'Italie est un pays magnifique, mais chez moi, c'est ici.

— Je suis contente. Ton fils et toi venez d'illuminer ma journée.

Pendant un long moment, les deux femmes poursuivent leur conversation sans se presser. Elles ne parlent pas de Jonathan, mais sa présence se fait sentir dans les regards, les sourires, les hochements de tête. Marie et Stéphanie ont un grand amour en commun, un lien indéfectible qui leur permet d'agir avec sérénité malgré le temps et l'espace qui les ont tenues éloignées l'une de l'autre. Elles se croyaient séparées, mais la mémoire de Jonathan était plus forte que les plus grands océans du monde. Maintenant qu'elles se retrouvent, elles constatent qu'elles ne se sont jamais réellement quittées.

— Comment va votre mari ? J'aurais aimé le revoir.

Marie grimace, ce qui n'échappe pas à son interlocutrice.

— Nous sommes... brouillés, du moins je le pense. Ce n'est pas clair. Je ne sais pas trop où nous en sommes. Je préfère ne pas en parler tant que nous ne serons pas fixés, lui et moi.

— Je suis désolée. Ça vous fait beaucoup de choses à gérer, ces temps-ci.

Étonnée, Marie regarde Stéphanie avec un point d'interrogation dans les yeux.

— Que veux-tu dire ?

— Ma mère m'a raconté pour la mort de votre ami. Je sais qu'il est tombé d'une falaise et que les gens se sont posé des questions. C'est une mort étrange, n'est-ce pas ?

— D'abord, précise Marie, soudain sur la défensive, Régis n'était pas un ami, à peine une connaissance. Nous partagions une même passion pour la cueillette des champignons. Je ne sais pas ce qu'on a raconté à ta mère, mais tu peux la rassurer. Cette histoire est terminée. La police a conclu à une mort accidentelle. J'ai de la peine pour ce pauvre Régis, mais sa mort n'a rien à voir avec moi. Je m'y suis trouvée mêlée par le plus malheureux des hasards.

Stéphanie écarquille les yeux. Elle ne s'attendait pas à une réaction d'une telle vivacité.

— J'espère que vous me pardonnerez, dit-elle. Je ne voulais surtout pas vous froisser. Je suis désolée...

Étourdie par sa propre rudesse, Marie s'empresse de se reprendre.

— Je crois bien que je me suis emportée, avoue-t-elle en souriant. Et tu avais raison. Cette affaire a été difficile à gérer et je suis vraiment contente qu'elle soit derrière moi. Voilà une chose de réglée !

— Tant mieux ! lance Stéphanie en jetant un coup d'œil vers la rue.

Même en s'étirant le cou, elle ne voit plus son fils. Elle partage son inquiétude avec Marie, qui se lève pour vérifier de plus près.

Elles entendent alors la voix du jeune Noé dans leur dos. Lassé de son jeu, il est entré dans la maison par la porte arrière.

Son intrusion marque la fin de la conversation entre les deux femmes.

Stéphanie est attendue chez sa mère, et son fils le lui rappelle avec une certaine impatience.

— Tu la salueras de ma part, suggère Marie, sans trop de conviction.

Elle ne s'est jamais bien entendue avec la mère de Stéphanie. Celle-ci semblait ne pas apprécier Jonathan à sa juste valeur, ce qui heurtait la fibre maternelle de Marie. Après la mort de son fils et le départ de Stéphanie, elle n'a donc plus revu Angèle Bilodeau-Granger, et celle-ci n'a jamais tenté d'entrer en contact avec elle. L'antipathie était réciproque.

Avant de laisser partir ses visiteurs, Marie offre un carré de sucre à la crème à Noé qui s'en pourlèche les babines. Une fois seule, elle doit toutefois se secouer pour ne pas sombrer dans une profonde mélancolie.

Jonathan est mort avant de lui avoir donné un petit-enfant à chérir.

Ce manque lui apparaît soudain plus criant qu'à l'ordinaire.

Chapitre 12

Réveillée à l'aube par un cauchemar dont elle a tout oublié, sauf les frissons qui la parcouraient quand elle a ouvert les yeux, Marie titube jusqu'à la salle de bain en se cognant aux murs. Dans son énervement, elle a oublié d'allumer les lumières et c'est en revenant à sa chambre qu'elle le réalise.

— Où ai-je la tête ? marmonne-t-elle en frottant son coude éraflé.

Incapable de se rendormir, elle laisse ses pensées vagabonder. Après avoir batifolé dans toutes les directions, elles reviennent toujours au même endroit, comme attirées par un aimant : Régis Nantel. Marie a eu beau affirmer à Stéphanie que l'histoire était derrière elle, les trop nombreuses questions demeurées en suspens ne cessent de la hanter. Après un moment, elle trouve donc préférable de se lever pour de bon afin de vaquer à ses occupations, plutôt que de continuer à subir ces attaques répétées sur ses neurones. Ressasser ne la mènera nulle part.

Après le déjeuner, avalé davantage par habitude que par plaisir, Marie consulte son ordinateur. Elle exulte de bonheur en lisant le message laissé par un de ses clients. Du travail l'attend, qui saura, elle l'espère, la distraire de ses ruminations.

Pendant deux heures, elle se concentre sur la traduction du document qu'on lui a fait parvenir. Toutefois, dès qu'elle quitte son bureau afin de prendre une pause, son cerveau s'emballe de nouveau. Du même point de départ, ses pensées tracent des cercles de plus en plus grands, de plus en plus obsédants. Tout ce qui ne concerne pas le triste sort réservé à Régis se trouve ainsi relégué au second plan.

Bien sûr, son mari, dont elle n'a plus de nouvelles, commence à lui manquer, comme si elle venait tout juste de réaliser qu'il ne reviendrait peut-être plus jamais, qu'il ne s'agissait pas simplement d'une parenthèse avec laquelle elle pouvait aisément composer, mais plutôt d'une situation permanente. Une constatation semblable s'impose dans le cas de son amie Francine. Marie aurait aimé l'inviter pour une franche discussion autour d'une tasse de thé, mais elle craint sa réaction à une tentative de réconciliation. Une nouvelle rebuffade serait difficile à encaisser. C'est d'ailleurs pour cette raison qu'elle ne communique pas non plus avec Ginette qui ne l'a pas invitée à son anniversaire pour la première fois en cinq ans. La vérité lui fait peur. Même inquiétude et même crainte face à l'état de santé de son père. Et que dire de son frère...

Tant de sujets de préoccupation, tous plus sérieux et alarmants les uns que les autres !

Et pourtant, ces êtres chers qui ont joué un rôle si important dans sa vie s'évanouissent comme par magie derrière un cadavre. En effet, si elle relâche sa vigilance pendant quelques secondes, l'image d'un corps qui tombe d'une falaise efface toutes les autres. À bien y penser, son cauchemar de la nuit dernière devait être rempli de ces chutes dans le vide. Même dans son sommeil, Régis Nantel ne la laisse pas en paix.

Au bout du compte, l'élément le plus troublant de tout ce questionnement, c'est que son instinct lui souffle à l'oreille des réponses qu'elle préférerait de beaucoup ne pas entendre. Sa sensibilité, qui parfois la dessert mais qui ne lui a jamais menti, lui inspire des soupçons qui lui laissent un arrière-goût désagréable. Cela vire à l'obsession ; une obsession qui lui donne des nausées.

— J'y vais ! lance-t-elle d'une voix forte, comme si elle s'adressait à un bataillon prêt à lancer l'attaque sur un ennemi invisible.

Lasse de ces haut-le-cœur qui l'affaiblissent, elle prend le parti de suivre la petite voix qui lui ordonne de faire face, d'aller jusqu'au bout. Au bout de quoi ? Elle serait bien en peine de le dire. En effet, elle a beau savoir où elle va, elle ignore pourquoi elle y va et ce qu'elle cherche. « Je verrai bien », se dit-elle, persuadée que rien ne pourra être pire que l'état dans lequel elle se trouve présentement.

Après avoir enfoui dans son sac à dos quelques denrées, une bouteille d'eau et un imperméable – au cas où les nuages qui menacent décideraient de passer à l'action –, elle enfile un polar et chausse ses bottes de marche. Dehors, la couverture nuageuse confère au ciel un caractère dramatique. Marie entend dans sa tête un air d'opéra et elle imagine l'héroïne qui meurt pour la troisième fois pendant que résonnent tambours et cymbales dans un décor d'orage. Cette évocation la fait sourire, ce qui réduit un peu la tension accumulée sur ses épaules et sur sa nuque.

Plus légère, elle monte dans son auto et s'apprête à démarrer lorsqu'un autre véhicule apparaît dans son rétroviseur. Au volant, elle reconnaît Stéphanie Granger, sa visiteuse de la veille, seule cette fois.

Étonnée, Marie descend de sa voiture et rejoint la jeune femme.

— Oh ! s'exclame celle-ci. Je ne vous avais pas vue. J'arrive au mauvais moment, je crois. Je repasserai.

— J'ai quelques minutes, explique Marie. J'allais marcher. Rien d'urgent. Que se passe-t-il ?

— En fait, je voulais m'excuser.

— Pourquoi donc ?

— Je vous ai blessée hier en parlant de Régis Nantel et je ne voulais pas que ce malentendu persiste entre nous.

— Mais pas du tout ! l'assure Marie en secouant la tête. Il ne faut pas te faire du souci avec cette histoire. C'est moi qui ai réagi trop vivement.

— Quand même…, commence Stéphanie.

Mais Marie l'interrompt.

— J'allais justement marcher à l'endroit où l'accident est arrivé. Je ne sais pas pourquoi, mais j'ai besoin de retourner sur les lieux. Sans doute pour mieux tourner la page.

— Puis-je vous accompagner ? lance Stéphanie sans trop réfléchir.

Marie ne cache pas sa surprise ni sa perplexité.

— Je ne sais pas trop…

D'un côté, elle ne veut pas repousser l'offre de Stéphanie, mais, d'un autre côté, elle n'est pas sûre de souhaiter de la compagnie.

La jeune femme insiste.

— Je crois que vous ne devriez pas vous rendre à cet endroit toute seule. Et ça me ferait un immense plaisir de vous accompagner.

Elle a parlé d'une voix ferme. Pendant un bref instant, Marie a eu l'étrange impression d'entendre son fils. Comme si l'insistance de Stéphanie lui était dictée par Jonathan.

— D'accord, dit-elle. Je prends une autre bouteille d'eau et on y va.

— Ce n'est pas nécessaire. J'ai ce qu'il faut dans le coffre de l'auto. J'ai même mes bottes et mon bâton de marche, ainsi que mon appareil photo qui ne me quitte jamais.

La jeune femme aimerait ajouter qu'elle a eu un pressentiment, mais ce serait mentir. En fait, la randonnée est son activité préférée et elle traîne toujours son attirail avec elle, préférant le laisser au même endroit pour être certaine de ne rien oublier quand l'occasion de partir à l'aventure se présente.

— Tu as donc continué la randonnée ?

— Oui. Je ne me suis jamais arrêtée. En Europe, j'ai fait le mont Blanc et beaucoup d'autres. J'avais besoin de défis, de mouvement. Je me suis enhardie jusqu'à gravir des montagnes que je n'aurais jamais cru être capable d'escalader. Et chaque fois, j'en ai profité pour prendre des photos. C'est mon métier après tout, et j'aime bien joindre l'utile à l'agréable.

Une fois de plus, l'ombre de Jonathan se faufile entre les deux femmes. Le fils de Marie était un athlète, un amoureux du plein air. Quand il a rencontré Stéphanie, cette passion commune a beaucoup compté dans leur relation amoureuse. Dans les grands espaces, ils respiraient au même rythme, se comprenaient sans se parler, communiaient dans le même esprit de liberté, s'incitant l'un l'autre au dépassement. Or, ils n'avaient pas eu le temps de réaliser ces grands rêves de randonnées qu'ils caressaient. La mort a coupé court à tous leurs projets. Sans doute Stéphanie a-t-elle gravi ces montagnes en pensant à lui. Jonathan l'a accompagnée à chaque instant, et c'est en atteignant les sommets, là où l'horizon touche l'infini, qu'elle s'est sentie le plus près de lui.

Pendant un long moment, elles roulent en silence, remuées par des pensées identiques.

— Tourne ici. Il y a un petit stationnement à environ un kilomètre. Le sentier commence juste en face.

Stéphanie obéit et, quelques minutes plus tard, les deux femmes s'engagent dans le bois. De bonnes éclaircies dans le ciel sombre dessinent des ombres sur le sentier. Le danger de pluie semble écarté dans l'immédiat. Le temps est bon. Une brise délicate caresse les feuillages colorés. Dès que le sentier devient plus pentu et demande davantage d'effort, Stéphanie détache son manteau.

Marie, de son côté, continue de frissonner.

En pénétrant au cœur de ce boisé qu'elle connaît si bien et qui a toujours su la consoler des plus grands chagrins, elle a tout de suite l'impression désagréable de s'introduire dans un lieu maudit. Alors que cette excursion l'excitait, voilà que la peur s'empare d'elle. Elle a beau tenter de se raisonner, tendre l'oreille pour écouter les sons familiers, cette forêt ne lui parle plus de la même manière. Elle emploie une langue étrangère, menaçante. Le refuge s'est transformé en piège.

— Est-ce que je vais trop vite ? demande Stéphanie en constatant qu'elle a pris de l'avance sur sa compagne.

— Non, pas du tout, la rassure Marie en pressant le pas.

Elle ne veut pas partager ses angoisses avec Stéphanie. Le regard vierge de la jeune femme sur la montagne, son allant, sa joie manifeste de fouler ce sentier qu'elle découvre pas à pas la rassurent et elle s'en voudrait de ternir cet enthousiasme avec ses appréhensions sans réel fondement.

— Vous venez souvent ici ? s'informe Stéphanie sans se retourner ni ralentir.

— Oui, depuis plusieurs années. En fait, depuis que le propriétaire du boisé m'en a donné la permission. C'est un homme conciliant. Il nous laisse circuler à condition de ne rien détruire.

— C'est gentil de sa part. Vous le connaissez depuis longtemps ?

— J'ai d'abord connu sa mère. Elle est décédée maintenant, mais c'est elle qui m'avait invitée à venir découvrir son petit paradis, comme elle l'appelait. Au cours de nos promenades, elle évoquait souvent des souvenirs d'enfance. Elle m'avait indiqué l'emplacement d'une grotte où elle se cachait parfois pour échapper à ses frères un peu trop envahissants. Elle se rappelait également un ancien pâturage où elle emmenait les vaches quand elle était jeune. Nous ne l'avions pas retrouvé à ce moment-là, mais plusieurs années plus tard, je me suis dit que ce serait un endroit idéal pour des champignons. C'est comme ça que j'ai trouvé les chanterelles, en cherchant un pâturage et en me fiant au hasard. Par contre, pour répondre à ta question, je ne connais pas bien son fils, mais il semble vouloir perpétuer la mémoire de sa mère en gardant le boisé accessible aux randonneurs.

De plus en plus abrupte et accidentée, la pente les oblige à se concentrer. Elles doivent garder leur énergie pour ne pas manquer de souffle. Parfois, l'une d'elles trébuche sur un caillou ou glisse sur une racine, mais elles gardent un bon pas, la plus âgée ne cédant en rien à la plus jeune.

Un peu plus loin, elles croisent l'entrée à moitié cachée d'un sentier très étroit. Stéphanie ne la remarque même pas, tellement elle est bien dissimulée derrière une rangée de hautes fougères. La jeune femme continue son chemin, mais Marie a ralenti la cadence. Son cœur se serre, mais ça n'a rien à voir avec l'essoufflement. Ce sentier secret mène à l'ancien pâturage où elle a cueilli des chanterelles le jour de la mort de Régis. Les sens en alerte, elle tente de se remémorer cette journée dans le moindre détail. Tout en suivant sa jeune compagne de son mieux, elle se raconte chaque étape de cette matinée fatidique, en essayant de garder une distance avec les événements, comme si elle n'avait été qu'un témoin anonyme, sans aucun rapport avec la victime.

Elle cherche des indices. Qui sait ? Comme dans les contes de fées, peut-être Régis lui a-t-il laissé un message, un signe : son nom gravé sur un tronc d'arbre, des pierres indiquant une direction... Comment a-t-il pu passer si près d'elle sans qu'elle perçoive sa présence ? Le bois était désert ce jour-là. Le moindre souffle se glissait avec insistance entre les arbres. Elle aurait dû entendre Régis. Peut-être l'a-t-il appelée. S'il venait pour la retrouver comme elle le lui avait suggéré – pour quelle autre raison serait-il venu dans ce boisé ? –, il a dû crier son nom pour attirer son attention et la localiser. C'est vrai qu'elle était concentrée sur sa cueillette, heureuse d'être seule et de humer à plein nez les odeurs de terre et de feuilles mortes. Elle mettait tant de soin à cueillir et à déposer les chanterelles dans son panier qu'elle aura oublié d'écouter. Elle se rappelle néanmoins avoir eu peur à quelques reprises à cause de bruits insolites. Mais la teneur de ces bruits lui échappe au profit d'autres sensations plus agréables qui sont restées ancrées dans sa mémoire.

Absorbée dans ses pensées, elle prend malgré elle un peu de retard.

Stéphanie s'arrête pour l'attendre. Quand Marie la rejoint, la jeune femme, plutôt que de repartir, la regarde avec une mansuétude nouvelle. Marie se méprend. Elle croit que sa compagne de marche la croit incapable de suivre la cadence. Elle veut la rassurer, mais Stéphanie la prend de vitesse.

— C'est vraiment ici que ça s'est passé? Dans cet endroit si calme et magnifique?

— En effet, lui répond Marie.

— J'ai du mal à y croire!

— Moi aussi. Je voulais revenir sur les lieux pour essayer de comprendre.

— Vous auriez peut-être préféré être seule... Je me rends compte maintenant que j'ai eu tort d'insister.

— Mais non! Je le croyais au début, mais je dois avouer que ta présence me rassure. L'air est moins lourd, le silence, moins pesant que si j'étais seule. En fin de compte, le hasard a bien fait les choses. J'apprécie que tu sois venue avec moi, je t'assure.

— On continue, alors? Voulez-vous vous rendre jusqu'au sommet?

— Oui, j'ai besoin de voir où l'accident est arrivé.

— D'accord. Allons-y.

Le malentendu étant dissipé, les deux femmes se remettent en marche.

Après une trentaine de minutes, elles arrivent au sommet de la montagne. Une ouverture entre les arbres offre un point de vue exceptionnel. Même si elle a pu admirer ce panorama à plusieurs reprises, Marie est encore une fois éblouie. Tout en bas, encaissé entre les montagnes, le lac réfléchit les couleurs automnales. Coupé par une île minuscule, il se faufile dans la vallée, traçant son chemin en courbes élégantes. Autour de lui, collines et coteaux brillent de mille feux.

— Que c'est beau! s'exclame Stéphanie. On dirait un tableau impressionniste, à la fois intimiste et grandiose.

Son appareil photo à la main, la jeune femme se concentre afin de bien saisir l'essence de ce paysage. Elle prend peu de clichés, mais chacun est préparé avec soin. Forte de son expérience et de sa sensibilité d'artiste, elle ressent les lieux jusqu'au bout des doigts, et chaque photo capte des traces d'émotion.

Pendant quelques instants, elles oublient l'une et l'autre le but de leur expédition.

Comment concevoir qu'un sombre drame soit venu perturber l'harmonie de ce magnifique paysage ? Personne ne devrait mourir en un lieu si parfait et si paisible.

— Impossible de se rassasier, n'est-ce pas ? C'est trop beau !

Marie partage l'enthousiasme de sa jeune compagne, ce qui ne l'empêche pas de scruter les environs. Même si elle ignore ce qu'elle cherche, elle espère bien trouver une explication. Ah ! si ces falaises millénaires pouvaient parler ! Et ces arbres qui contemplent le décor depuis des décennies, pourquoi n'ont-ils pas gardé une parcelle de cette mémoire qu'elle espère reconstruire ? Marie se surprend à scruter les troncs, comme si leur écorce allait lui révéler des secrets.

— C'est ici qu'il est tombé ? demande Stéphanie.

Elle a surpris le regard inquisiteur de Marie et cherche un moyen de l'aider à se débarrasser du malaise qui semble ne pas vouloir la laisser en paix. Pendant son long exil, quand elle songeait à la mère de Jonathan, sa presque belle-mère, Stéphanie se rappelait une femme déterminée, capable de trouver une solution aux problèmes les plus épineux, une personne sereine, un esprit libre et créatif. Or, elle a plutôt retrouvé une femme esseulée, coupée de ses repères, qui lutte à armes inégales contre l'adversité. « Le départ de son mari affecte Marie bien davantage qu'elle ne veut se l'avouer, pense Stéphanie. Elle semble avoir perdu tous ses moyens. » Dans cet environnement majestueux, elle lui paraît si vulnérable.

— C'est en effet ce que j'en ai déduit, acquiesce Marie après avoir gardé le silence pour mieux réfléchir. Je ne vois pas d'autre endroit possible. On a retrouvé son corps tout en bas.

Stéphanie s'avance avec précaution jusqu'au bord de la falaise. Avec l'agilité d'une habituée des montagnes, elle consolide son appui sur un éperon rocheux et se penche pour observer la paroi.

— Fais attention ! lui crie Marie.

La jeune femme ne l'écoute pas, trop occupée à jauger l'espace qui sépare le sommet de la première corniche.

— Je t'en prie, reviens, la supplie sa compagne.

Stéphanie remonte et la rejoint.

— Il me semble que ce n'est pas possible de glisser à cet endroit.

— C'est pourtant la conclusion à laquelle les policiers en sont venus.

— Je crois plutôt qu'on l'a poussé, ou qu'il s'est lancé lui-même dans le vide.

— Selon les témoignages recueillis, la thèse du suicide a été écartée, et je suis d'accord. Régis Nantel n'avait pas de pulsions suicidaires. Au contraire !

— Voulez-vous me montrer où vous avez cueilli des champignons, cette journée-là ? J'aimerais rassembler le plus d'informations possible.

— Dans quel but ? demande Marie, intriguée.

— J'ai une amie qui travaille dans la police. Elle pourra peut-être nous aider. Elle aura sans aucun doute accès à certaines données dont on ne vous a pas fait part.

— Mais non, ne te tracasse pas avec cette histoire. Je m'invente des scénarios impossibles. Puisque les autorités ont tiré leurs conclusions, je devrais m'en contenter.

— Je vois bien que cette affaire vous tourmente. Je souhaite vous aider à y voir plus clair.

Marie s'en veut d'avoir embarqué sa jeune amie dans cette quête insensée et inutile. Elle veut riposter, mais Stéphanie insiste.

— Laissez-moi vous accompagner dans vos recherches. Si Jonathan était ici, c'est ce qu'il ferait et c'est ce qu'il veut que je fasse, j'en suis convaincue. Depuis que je vous ai retrouvée, j'ai l'impression que c'est lui qui m'a envoyée vers vous. Je le ressens très fort, juste ici. C'est presque douloureux.

En expliquant sa motivation à Marie, la jeune femme a appuyé son poing droit sur son abdomen. Touchée par cette sincérité et cette empathie, Marie ne résiste plus. À l'évidence, sa quête de vérité se mènera mieux à deux. Et même si rien n'aboutit, elle aura au moins passé des heures agréables avec une jeune femme dont le sourire lui rappelle celui de son fils. Déjà, Marie a l'impression d'être moins seule. Stéphanie et le fantôme de Jonathan qui lui colle à la peau viennent combler le vide qui se creusait autour d'elle et en elle. Ces présences inespérées l'aident à rassembler les morceaux de sa vie qui s'éparpillaient aux quatre vents.

— D'accord, concède-t-elle. Je te remercie et j'apprécie ta géné- rosité. Par contre, je n'ai pas beaucoup d'espoir. Je ne pense pas que nous pourrons élucider le mystère autour de ce drame.

— L'important, je crois, c'est que vous alliez au bout de votre démarche. Ce seul exercice pourra peut-être vous apaiser.

Stéphanie a raison, Marie doit bien l'admettre. En si peu de temps et avec un minimum d'informations, la jeune femme a saisi son immense désir de trouver la clé de l'énigme. Ce qui lui importe avant tout, c'est d'expliquer la présence inopinée de Régis à cet endroit, ce jour-là et à cette heure précise.

— Les chanterelles se trouvaient plus bas, précise-t-elle. Il faut revenir sur nos pas et emprunter un sentier de traverse assez broussailleux parce que peu fréquenté. Si on ne le connaît pas, on le manque à coup sûr.

À regret, les deux femmes s'arrachent à leur contemplation. Derrière elles, le soleil, maintenant radieux, dessine des arabesques dorées sur les collines. Un rayon accompagne leur descente, puis elles s'engagent dans le boisé, éclairé uniquement par l'éclat des feuillages d'automne. Attentive, Marie cherche le sentier secret, qu'elle trouve sans trop de peine.

Elles s'apprêtent à y pénétrer lorsqu'elles aperçoivent un jeune garçon qui vient vers elles. Un gros chien trottine derrière lui.

Marie ne s'y connaît pas beaucoup en races canines, mais, à première vue, elle opte pour un croisement entre un berger allemand et un labrador. Bref, un animal assez impressionnant autant par sa taille que par son comportement. En effet, il les a aperçues et veut se lancer dans leur direction. Son jeune maître doit le retenir de toutes ses forces par son collier.

Quand l'adolescent et son chien arrivent à sa hauteur, Marie ne peut s'empêcher une remarque :

– Je pensais être la seule à connaître ce sentier, dit-elle après avoir salué le promeneur.

– Tu viens souvent ici ? renchérit Stéphanie tout en caressant la tête du chien qui se laisse faire, toute animosité disparue.

Le garçon grommelle une réponse qui pourrait ressembler à un oui. Il semble pressé de partir et peu enclin à engager une conversation.

– Tu n'es pas à l'école aujourd'hui ? insiste Stéphanie.

L'attitude plus que réservée de son jeune interlocuteur, rébarbative même, comme s'il craignait, en ouvrant la bouche, de révéler un secret, intrigue la jeune femme. Photographe de grand talent, elle a l'habitude d'observer le faciès des gens qu'elle rencontre – afin de pénétrer leur âme, explique-t-elle souvent. Cette déformation professionnelle lui cause parfois quelques désagréments. Certaines personnes n'apprécient pas d'être ainsi scrutées à la loupe. En tout cas, le garçon qui se trouve devant elle cherche plutôt une issue pour s'échapper. Quand il n'est pas orienté vers ses souliers, son regard fouille le sentier derrière les deux femmes.

– Pas d'école aujourd'hui, marmonne-t-il en espérant que cette réponse laconique les satisfera et qu'il pourra continuer sa route.

– Tu as un beau chien, souligne Stéphanie.

Elle s'obstine, comme si faire parler cet enfant taciturne devenait un défi personnel. Cette fois, Marie s'interpose. L'insistance de sa compagne la gêne presque autant que le garçon.

– Allons-y, propose-t-elle. Ce jeune homme a sans doute envie de poursuivre sa randonnée. Je te souhaite une bonne journée ! Quel est ton nom, au fait ?

– Raphaël, murmure le randonneur en relâchant son chien.

L'animal frôle la cuisse de Marie sans lui porter attention et s'engage ensuite dans le sentier principal, aussitôt suivi par son maître.

– Surtout, ne te perds pas dans les bois ! lance Stéphanie.

Comme l'adolescent ne daigne même pas se retourner, elle saisit son appareil et les prend, lui et son chien, en photo. Le décor automnal qui les happe lui fournit un cadre exceptionnel.

Les deux femmes reprennent ensuite leur excursion. Elles demeurent silencieuses, chacune songeant à cette étrange rencontre, mais d'une manière différente. Marie se demande ce que Raphaël faisait dans le coin un jour de semaine et pourquoi Stéphanie s'est acharnée à le contrarier, tandis que cette dernière essaie de comprendre le comportement crispé du gamin.

– C'est ici que j'ai cueilli les chanterelles, lance soudain Marie.

Sans difficulté, elle a retrouvé l'endroit.

– Une chose est sûre, déclare Stéphanie. Si Régis Nantel a suivi le sentier principal, il n'a pas pu vous voir et vous n'avez pas pu l'entendre. Et c'est clair que s'il n'était pas un habitué de cette forêt, il ne pouvait pas découvrir ce petit sentier secret. Vous n'avez rien entendu ? Je ne sais pas... Quelqu'un qui aurait crié votre nom ?

Marie secoue la tête. Non, elle n'a rien entendu.

Après avoir observé les lieux et pris quelques photos, les deux femmes rebroussent chemin. Il est temps de rentrer. Stéphanie doit aller chercher Noé à l'école et elle ne voudrait pas être en retard.

L'auto est seule dans le petit stationnement. Hormis le jeune Raphaël, elles n'ont rencontré personne. Malgré la journée somme toute magnifique, à part les quelques menaces de pluie, aucun autre randonneur ne s'est aventuré dans la montagne aujourd'hui.

Elles roulent en écoutant de la musique. Stéphanie a des goûts éclectiques, qui vont du country au classique. Marie se laisse imprégner de cette ambiance tantôt feutrée, tantôt joyeuse.

– Tu as le temps de prendre une tisane ? demande-t-elle.

– Non, pas vraiment. Je ne voudrais pas que Noé m'attende. Il va s'inquiéter. La prochaine fois... Je vais téléphoner à mon amie policière dès ce soir. Nous sommes restées en contact et elle m'a invitée plusieurs fois. Elle pourra peut-être nous renseigner. Je vous appellerai dès que j'aurai des nouvelles.

Avant de sortir de l'auto, Marie soupire et hausse les épaules. À quoi rime cette histoire ? Où les mènera-t-elle ?

– Ne vous inquiétez pas ! lui lance sa jeune compagne. S'il y a quelque chose à découvrir, nous le découvrirons.

Son enthousiasme et sa bonne volonté touchent Marie et la distraient de ses soucis. Elle la salue en la remerciant.

Chapitre 13

Bien concentrée sur une traduction délicate, Marie travaille à l'étage depuis le petit matin. Chaque mot ou presque lui pose des difficultés, car l'intention de l'auteur s'avère nébuleuse. Pour ne pas se tromper, elle ne cesse de consulter les dictionnaires à sa disposition, en quête de la bonne expression.

Elle est si profondément plongée dans sa recherche que le son strident de la sonnette la fait sursauter.

Du coup, elle se surprend à espérer. S'il pouvait s'agir de Julien... Son mari n'a pas cherché à la joindre depuis leur séparation subite et imprévisible, et elle n'a pas osé le relancer. À vrai dire, elle est convaincue que Julien doit faire les premiers pas puisqu'il est dans le tort. Elle ne l'a pas trompé, elle n'a pas quitté la maison. Il lui doit des excuses et elle refuse de les quémander. Le repentir ne se commande pas, et si son mari n'a plus aucune considération pour elle, ni même de l'affection, elle n'ira pas le supplier.

Ses espérances sont déçues. Il ne s'agit pas de Julien, mais plutôt de Stéphanie. D'une certaine façon, elle s'en trouve soulagée. Le temps de la réconciliation n'est pas encore venu. En fait, elle craint de se mettre à pleurer en évoquant l'infidélité de Julien. Elle n'est pas prête.

— Entre donc! lance-t-elle en ouvrant la porte, en accompagnant ses paroles d'un grand geste de bienvenue.

Sa visiteuse trépigne d'impatience. Apparemment, elle a une nouvelle à annoncer.

— J'ai parlé à mon amie! dit-elle en se débarrassant de son manteau et en le déposant sur une chaise sans trop de précaution.

Il faut à Marie quelques secondes pour se mettre au diapason de la jeune femme. Le travail l'a tenue occupée ces derniers jours et elle a relégué au second plan l'histoire de Régis Nantel – ce qui n'était pas pour lui déplaire.

— Tu as du nouveau?

La question est inutile, car l'excitation palpable de Stéphanie ne laisse aucun doute.

Une fois assise, la jeune femme révèle d'un seul souffle ce qu'elle a appris.

— D'abord, vos pressentiments étaient fondés, car même après avoir classé l'affaire, les enquêteurs sont restés sur leur faim. Certains, comme vous-même d'ailleurs, trouvent plutôt étrange qu'un adulte en pleine possession de ses moyens ait pu dégringoler de cette falaise. De plus, j'ai appris que monsieur Nantel, qui était censé vous rejoindre pour cueillir des champignons, n'avait aucun matériel avec lui. Pas de panier, pas de petit couteau, pas de sac... Absolument aucun équipement. Rien de ce dont un mycologue sérieux a besoin pour la cueillette. Il n'avait même pas son appareil photo, alors que ses connaissances affirment ne l'avoir jamais vu se déplacer sans cet élément indispensable à ses yeux. Il photographiait chaque champignon, paraît-il, sous tous les angles.

— Pour son livre sans doute...

— Justement, on m'a parlé de ce livre sur lequel il travaillait depuis au moins quatre ans. C'était, selon ses intimes, l'œuvre de sa vie. Il ne vivait que pour ce projet, semble-t-il.

— C'est peut-être pour cette raison qu'il a paru contrarié quand je lui ai parlé de mon intention d'écrire moi aussi un ouvrage sur les champignons.

— En effet. Il a dû se sentir trahi. À ses yeux, personne d'autre ne devait se lancer dans cette aventure qui lui appartenait en propre. Ça tournait à l'obsession.

— De qui ton amie a-t-elle obtenu ces informations ?

— Elle a eu accès au dossier. Elle a accepté de m'en résumer les grandes lignes.

— Et qu'en penses-tu ?

Stéphanie se gratte la nuque, le temps de réfléchir non pas à ce qu'elle va dire, mais plutôt à la manière dont elle va le dire.

— Je ne sais pas trop, commence-t-elle. En fait, je me méfie de mon imagination parfois débridée.

Un silence s'installe entre les deux femmes, que ni l'une ni l'autre n'a envie de briser. Puis, après un long soupir, Stéphanie reprend la parole.

— Je me demande si cet homme ne venait pas vous... vous engueuler, disons. S'il a eu l'impression que vous empiétiez sur ses plates-bandes, il a peut-être voulu vous mettre en garde. Ou vous intimider...

— Tu crois ? Vraiment ?

À la fois bouleversée et perplexe, Marie met de longues minutes à assimiler les sous-entendus de Stéphanie. Est-il possible que Régis lui en ait voulu à ce point ? Il se serait rendu au boisé avec de mauvaises intentions ? Peut-être voulait-il juste discuter, lui offrir une collaboration, l'inviter à se joindre à lui et à partager leurs recherches. Elle préfère de beaucoup cette hypothèse.

Quand elle fait part de ses réflexions à Stéphanie, celle-ci soupire de nouveau. Elle aussi a d'abord imaginé de semblables scénarios, beaucoup plus près de la vie réelle que du roman policier. Or, son instinct lui dicte une trame différente.

Pour ne pas inquiéter Marie, et pour lui permettre de tourner la page, la jeune femme préfère toutefois taire les théories qu'elle a échafaudées depuis sa rencontre avec son amie policière. À quoi bon se créer des angoisses *a posteriori*, puisque rien de ce qu'elle pourrait inventer n'arrivera jamais ? Régis Nantel est mort. Il a emporté son secret avec lui, pour l'éternité. Personne ne saura jamais pourquoi il s'est rendu au rendez-vous fixé par Marie, après avoir décliné son invitation.

– Vous avez sans doute raison, admet-elle. Ses intentions devaient être cordiales. Selon toute vraisemblance, il voulait profiter de cette sortie amicale, en plein air, pour vous convaincre soit de renoncer à votre projet, soit d'apporter votre contribution au sien. C'est l'explication la plus plausible, et je crois qu'il serait sage de ne pas chercher plus loin.

Marie sourit à sa compagne, mais elle n'est pas dupe. Stéphanie ne lui dit pas le fond de sa pensée. Un doute subsistera toujours, même si elle doit s'efforcer d'en faire abstraction. Car sinon, des pensées sombres hanteront ses jours et ses nuits. Ce qu'elle ne souhaite pas. En général, Marie préfère présumer de la bonne volonté des gens et de leur honnêteté. Or, depuis quelque temps, les événements malheureux qui ont secoué sa vie l'incitent à croire le contraire. Faire confiance aux autres ne lui a rien apporté de bon, ces dernières semaines. Les êtres qu'elle croyait tout près d'elle lui ont tourné le dos sans hésiter le moins du monde. Se serait-elle trompée à ce point sur la nature humaine ?

En secouant la tête, elle tambourine sur la table pendant que Stéphanie se lève pour jeter un coup d'œil à l'extérieur. Chacune cherche une échappatoire, une façon de reprendre le fil sans qu'il se brise.

Ni une ni l'autre n'a révélé ses pensées profondes, et elles le savent. Elles auraient tant à dire. Et pourtant, elles choisissent de se taire pour se protéger du pire, de l'inadmissible.

Marie pense à son fils. Jonathan saurait quoi faire en de telles circonstances. Mais il n'est plus là.

Le monde des vivants louvoie trop souvent entre mensonges et vérités, entre doutes et certitudes. Ces jours-ci, Marie s'épuise en vain à chercher une route droite, sans embûches et sans frontières, où l'esprit peut s'évader sans crainte de tomber dans quelque piège.

– Ça va aller ? demande Stéphanie en revenant vers elle.

— Oui, ne t'inquiète pas, la rassure Marie. Je te remercie. J'apprécie énormément ton soutien dans cette affaire.

— Ce n'est rien. J'aurais aimé vous aider davantage.

— Je sais, mais maintenant, je vais essayer de penser à autre chose. Régis est mort. Quelqu'un poursuivra peut-être son œuvre. Je le souhaite pour lui, si c'est ce qu'il désirait. De mon côté, je vais continuer à cueillir et à étudier les champignons, à mon rythme, pour le plaisir, comme avant cette histoire désolante.

— Vous y arriverez ?

— J'en suis certaine. Je ne pourrai pas me passer très longtemps de cette poésie.

Après le départ de Stéphanie, Marie enfile son manteau et sort se promener dans le quartier, comptant sur l'effet bénéfique que la marche lui procure. Lorsqu'elle est en mouvement, son esprit s'apaise et lui viennent alors les idées les plus fécondes. Elle y voit plus clair après une balade, courte ou longue. Quelques minutes ou quelques heures, peu importe, le fait de partir sans but précis, au gré de son désir, lui libère le cerveau. Chaque fois, elle découvre un détail qui lui avait échappé. Elle rencontre une personne qui lui sourit. Elle constate que la beauté existe, même s'il est facile de l'oublier.

L'automne se répand de la terre jusqu'au ciel. Le monde a changé de couleur. Même les nuages se colorent de rouge et d'orangé. Parce que le beau temps persiste et que le vent se fait discret depuis plusieurs jours, les arbres n'ont pas encore perdu leurs feuilles. On pourrait croire que les magnifiques couleurs qu'ils arborent ne disparaîtront plus jamais. Il n'y aura pas d'hiver, pas de printemps. La nature a choisi ses armoiries pour les siècles à venir.

Marie sourit. Ses pensées divaguent. Elle suit son imagination qui la transporte en mille lieux, l'un chassant l'autre comme dans un carrousel sans fin. Une musique joyeuse et entraînante accompagne ses pas. Si seulement elle pouvait marcher ainsi pendant des heures, des jours. Pourquoi pas des années ? Elle traverserait des continents, longerait des rivières, franchirait des montagnes. Sans contrainte, libre comme le vent, avec la légèreté d'une plume.

Plongée dans une profonde et agréable rêverie, Marie bondit hors du trottoir lorsqu'un gros chien vient se jeter dans ses jambes.

— Je suis désolé ! lui crie un homme qui essaie maladroitement de courir vers elle.

Il fait de son mieux pour la rejoindre le plus vite possible, mais une boiterie assez prononcée entrave ses efforts. Il tient une laisse à la main. De toute évidence, le chien fautif lui appartient et lui a échappé. D'ailleurs, l'animal tourne maintenant autour de Marie en la reniflant. Tremblotante, celle-ci n'ose pas bouger.

— Il n'est pas dangereux, seulement désobéissant, l'assure le propriétaire de la bête en essayant de reprendre son souffle.

Sa galopade l'a exténué.

Tout en renâclant comme un cheval qui aurait couru un grand prix, il attrape son chien par le collier et s'empresse de l'attacher. L'animal se rebiffe. Il tire sur la laisse et se met à japper sa frustration.

Après s'être excusé une autre fois, le pauvre homme entraîne son compagnon à quatre pattes en maugréant. Ils ne sont contents ni l'un ni l'autre.

Remise de ses émotions, Marie se demande si l'infirme réussira à remorquer la bête récalcitrante jusque chez lui. Pendant de longues minutes, elle observe le chien et son maître, l'un claudiquant, l'autre aboyant. Même après avoir repris sa marche, elle continue à entendre les aboiements indignés de l'animal. Puis le silence revient peu à peu.

Le quartier est tranquille. Les enfants sont à l'école, leurs parents, au travail. De l'autre côté de la rue, un jeune homme pousse un landau en joggant. Sur une galerie, deux personnes âgées se bercent, bien emmitouflées dans de confortables vestes de laine.

Le calme absolu.

Pourtant, dans la tête de Marie, un son persiste, insiste, s'impose.

Elle a beau s'éloigner, elle entend toujours les aboiements d'un chien.

D'un autre chien.

Chapitre 14

Réveillée en sursaut, Marie jette un coup d'œil au réveille-matin. Celui-ci indique cinq heures dix. En même temps qu'une immense fatigue, elle ressent une excitation qui l'empêche de se rendormir. Comme si elle avait continué de réfléchir même dans son sommeil, une question, issue de ses cauchemars, tourne en boucle dans sa tête. Elle s'impose, comme si elle résultait d'une longue réflexion poursuivie sans interruption depuis la veille. Bref, Marie a dormi sans vraiment dormir, comme cela lui arrive de plus en plus souvent.

– Comment ai-je pu oublier un détail aussi important? se sermonne-t-elle à voix haute.

Aux policiers, à Stéphanie, à tout le monde et à elle-même, elle a affirmé qu'elle n'avait rien vu, rien entendu. Que personne d'autre n'était dans le boisé ce jour-là, qu'elle n'avait croisé aucun autre randonneur ni perçu aucune présence.

Comment son cerveau a-t-il pu remiser aux oubliettes ce fait si particulier?

Le jour de la mort de Régis, un chien a aboyé dans la montagne. Le son venait d'assez loin pour qu'elle n'éprouve pas la moindre crainte, mais d'assez près pour qu'elle l'entende parfaitement. À ce moment-là, elle a hésité sur la nature de cette voix imposante.

Aujourd'hui, avec le recul, elle ne doute plus. Il s'agissait bel et bien d'un chien. Un animal de bonne taille. Comme celui du jeune Raphaël...

Après avoir calé un oreiller dans son dos et s'être redressée, elle s'étire et attrape son cellulaire sur la table de chevet avec l'intention d'appeler Stéphanie pour partager avec elle cette soudaine réminiscence. Cette nouvelle donnée se révélera sans doute insignifiante, mais elle aimerait en discuter avec sa jeune amie. À qui d'autre pourrait-elle se confier? Les enquêteurs n'auront aucune envie de reprendre ce dossier. Elle imagine d'ailleurs sans peine le sourire condescendant d'André Gravel. Et s'il allait croire qu'elle a voulu leur cacher quelque chose? Ce serait bien son genre! Non, pas question de leur parler! Elle pourrait par contre rendre une petite visite à Pierre-Luc, le neveu de Régis. Il lui a semblé assez cordial et disposé à parler de son oncle.

D'un revers de la main, elle chasse cette idée insensée.

Elle imagine le dialogue:

– Bonjour, je voulais vous dire que le jour de la mort de votre parent, j'ai entendu un chien aboyer.

– Ah...

Que dire de plus?

Lui demander si Régis avait un chien? Ce serait d'un ridicule consommé.

Ne reste donc plus que Stéphanie.

Marie appuie sur les deux premiers chiffres du numéro de téléphone, puis elle s'arrête. Où a-t-elle donc la tête? Il est beaucoup trop tôt pour déranger qui que ce soit! D'ailleurs, Stéphanie a d'autres chats à fouetter. Elle est occupée à se refaire une vie, ce qui n'est pas une mince tâche. Il y a tant de détails à régler. La jeune femme doit concentrer son énergie sur son installation, la recherche de contrats, et sur Noé, bien sûr, qui a peut-être un peu de mal à s'adapter à son nouvel environnement. Pas question de jouer à l'ex-belle-mère envahissante et dépendante. Et cela, quelle que soit l'heure du jour.

Pour l'instant, Marie préfère repousser ce détail intrigant là où elle l'avait relégué, au tréfonds de sa mémoire. Un chien a aboyé. Et puis après ? Le mieux est de se mettre à l'ouvrage sans plus se laisser distraire. Il ne lui reste plus que deux jours pour terminer cette traduction plutôt ardue. Le temps presse.

Pendant trois bonnes heures, le travail l'absorbe entièrement. Fière d'elle, la traductrice s'offre ensuite une pause. Une orange, un morceau de fromage et une tisane, et la voilà prête à reprendre le collier.

Or, la tête n'y est plus. Encore une fois, cette courte interruption a brisé la cadence qu'elle avait réussi à s'imposer, et les pensées qu'elle avait repoussées reviennent la tracasser dès qu'elles trouvent une brèche.

Lasse de cette invasion qu'elle n'arrive plus à contrôler, Marie enfile sa veste. Elle ignore sa destination précise, mais, comme à son habitude, elle réfléchira en chemin. Une fois dans son auto, elle se dirige d'instinct vers la montagne, où tout semble vouloir la ramener, jour après jour. Elle doit retrouver le jeune Raphaël. Le garçon sait quelque chose, elle en est persuadée. Quand elles l'ont croisé l'autre jour, il s'est tu de crainte d'en dire trop. Marie ressent avec intensité cette conviction profonde, presque apaisante dans le dédale d'incertitudes où elle s'égare.

Sans rien planifier de très précis, elle se rend jusqu'au minuscule stationnement situé au départ du sentier. Si l'adolescent connaît si bien cette montagne, ce qui paraissait évident, c'est assurément parce qu'il demeure aux alentours. À son âge, il n'a pas d'auto et ne peut pas conduire celle d'un ami ou de ses parents. Il doit donc circuler à pied. Conclusion : il habite dans les environs.

Marie laisse son véhicule dans l'espace prévu à cet effet et entreprend de marcher dans les rangs avoisinants. Il y a peu de circulation dans ces petits chemins de gravier, et les maisons sont espacées. Les anciennes fermes ont été divisées en grands terrains, où se sont installés des gens assurément amoureux du silence et de la tranquillité.

D'un côté de la route, un marais s'étend à perte de vue. Il semble s'enfoncer dans la forêt et s'unir à elle. Des oiseaux noirs – corneilles, quiscales, étourneaux – y tiennent une assemblée tumultueuse. À travers les cris disparates, Marie croit entendre le son guttural d'un vacher à tête brune, puis, beaucoup plus loin et à peine perceptible, le chant d'un quiscale rouilleux. Elle est tentée de s'arrêter pour trouver l'oiseau rare, mais elle ne veut pas perdre de temps. D'ailleurs, elle n'a pas apporté ses jumelles. Ce serait donc peine perdue.

Alors qu'elle s'engage dans un chemin qui semble ne mener nulle part, elle croise un jeune couple. L'homme pousse un landau dans lequel un bébé gazouille et gigote en tentant de rejeter sa couverture avec ses pieds. Marie répond au salut des promeneurs, puis elle les interpelle.

– Je cherche un garçon de treize ans environ. Il s'appelle Raphaël. Vous ne le connaîtriez pas, par hasard ? Il habite dans le coin.

L'homme et la femme l'observent d'un air suspicieux. Marie se rend bien compte de l'incongruité de sa question et de ce qu'elle laisse supposer. Très vite, elle risque une explication qui, bien que boiteuse, pourra les rassurer.

– Je l'ai rencontré il y a quelques jours dans le sentier qui monte sur la colline. Nous avons parlé un peu et il m'a invitée chez lui pour me montrer les cabanes d'oiseaux qu'il fabrique avec son père. Puis nous avons parlé d'autre chose et il est parti sans me donner son adresse. Comme je ne veux pas le décevoir, je me suis lancé le défi de le retrouver.

Elle sourit de toutes ses dents pour renforcer sa crédibilité et offrir à ses interlocuteurs une image inoffensive, mais ils continuent à poser sur elle un regard perplexe et dubitatif.

– Non, je ne vois pas, lui dit la femme qui semble avoir révisé son jugement. Il y a plusieurs jeunes de cet âge dans les environs.

Allez un peu plus loin. Vous trouverez une grande maison jaune, où vit une famille de quatre enfants. Ils sauront de qui il s'agit.

— Un gros merci ! lance Marie avec le plus d'enthousiasme possible et en feignant une naïveté candide, preuve indiscutable de son innocence.

Après avoir adressé un signe de la main au bébé dans sa poussette, elle reprend sa route et finit par trouver la maison jaune en question. Des jouets traînent un peu partout dans la cour : batte de baseball, poupée, patins à roulettes, pelle et chaudière plantées dans un carré de sable. Malgré cela, aucun cri ne vient perturber le silence.

Avant même qu'elle sonne à la porte, une femme sort de la maison et vient au-devant d'elle. Ses vêtements maculés de taches multicolores et de différentes dimensions ressemblent à la palette d'un peintre.

— Excusez mon allure, explique la femme, je faisais un peu de peinture pendant que les enfants sont à l'école.

« Bien sûr, se dit Marie, les enfants sont à l'école et Raphaël doit y être, lui aussi. » Voilà ce qui explique la réticence du couple rencontré un peu plus tôt. Ces gens ont dû se demander pourquoi elle cherchait un enfant d'âge scolaire un jour de semaine, en plein après-midi.

Prise de court, Marie n'a d'autre choix que de répéter ses explications emberlificotées, en espérant que cette mère de famille nombreuse sera moins méfiante que ses interlocuteurs précédents.

Elle a misé juste, car la femme, sans doute pressée de retourner à sa besogne, l'écoute sans sourciller.

— Rendez-vous au bout du cul-de-sac. Raphaël habite la maison en pierre avec des volets bleus. Son grand-père est chez lui à cette heure-ci. Vous pourrez vous expliquer avec lui.

Marie grimace. Au bout du compte, cette femme n'est pas dupe. Sa dernière phrase en fait foi. Elle flaire une manigance, mais plutôt que d'argumenter ou de questionner, elle préfère se décharger de l'affaire et envoyer la visiteuse dans la gueule du loup. En tout cas, c'est l'impression ressentie par Marie, qui ne sait plus si elle doit renoncer à son projet ou aller jusqu'au bout.

Après réflexion, elle ne se résigne pas à reculer si près du but, sachant bien qu'une fois rendue chez elle, elle n'aura qu'une envie : revenir. C'est donc les nerfs à fleur de peau qu'elle suit les indications de la mère de famille.

La maison de pierre qu'elle lui a décrite se trouve au bout d'un étroit chemin bordé d'arbres, presque un sentier, à peine assez large pour laisser circuler une petite auto et en passe d'être envahi par la végétation. Un homme se tient debout sur la galerie, droit comme un chêne, tel un capitaine à la proue de son navire. L'œil scrutateur, il la regarde venir vers lui, et son regard est si insistant que Marie ne sait plus comment marcher ni quelle attitude adopter.

Ayant sans doute perçu son malaise, l'homme fait quelques pas vers elle.

Prise de panique, Marie trébuche. Elle s'est enfargée dans une racine, incapable soudain de poser un pied devant l'autre avec naturel.

L'homme se précipite à son secours, mais elle retrouve son équilibre et peut quand même faire bonne figure. L'honneur est sauf.

— Il faudrait bien que je racle mon entrée, un de ces jours, avant que quelqu'un se blesse.

Il est maintenant tout près d'elle et Marie peut voir ses épais cheveux blancs sur lesquels le soleil miroite. Des fils d'argent... Il doit avoir dans la soixantaine, mais n'a rien perdu de sa prestance. Quand il bouge, on dirait un jeune homme dans la force de l'âge. C'est quand il s'arrête que ses rides apparaissent.

— C'est ma faute, explique Marie. Je suis trop maladroite.

L'homme sourit gentiment, sans prétention. Après quelques secondes de silence, Marie reprend la parole en tendant la main.

— Je m'appelle Marie Gadouas, dit-elle. Je m'excuse de vous déranger, mais je venais voir Raphaël.

— Mon petit-fils ? Vous êtes sûre ? s'étonne son interlocuteur.

– Oui. Nous nous sommes rencontrés dans les sentiers de la montagne. Nous avons échangé quelques mots et Raphaël m'a invitée à lui rendre visite. Comme je passais dans le coin, j'ai décidé de venir faire un tour. Il voulait me montrer quelque chose... Je ne sais plus... Des cabanes d'oiseaux... Ou une collection...

Confuse, mal à l'aise, Marie accumule les mensonges à contre-cœur. Cet homme au regard si franc ne mérite pas qu'on le trompe ainsi. « D'ailleurs, pense-t-elle, il doit savoir que je ne dis pas la vérité. » Elle a l'impression qu'il devine ses pensées. Elle s'attend même à ce qu'il lui ordonne de partir, de quitter sa propriété.

À sa grande surprise, plutôt que de la rabrouer, il la félicite.

– Les personnes qui réussissent à amadouer mon petit-fils sont plutôt rares. Je ne connais pas votre secret, mais si Raphaël vous a invitée, c'était, je crois, pour vous montrer sa collection de crânes.

Marie sursaute. A-t-elle bien entendu ? Ce jeune garçon de treize ans collectionne les crânes ?

Sa surprise n'a pas échappé au grand-père de Raphaël.

– Je sais... C'est assez inusité comme passe-temps, mais mon petit-fils est un garçon un peu spécial. Il collectionne les crânes d'animaux parce qu'il a ainsi le sentiment de se rapprocher d'eux, de mieux saisir leur esprit, de mieux les comprendre. Sa manière à lui d'apprendre à les connaître. C'est sa passion depuis toujours. D'ailleurs, il est maintenant quelque part dans la nature avec son chien, même s'il devrait être à l'école. Si sa collection vous intéresse toujours, je peux vous la montrer. Il serait sûrement d'accord, puisqu'il vous a invitée. Au fait, je m'appelle Jérémie.

Marie hoche la tête, trop embarrassée pour parler. Elle va pénétrer dans l'intimité de Raphaël sans lui en avoir demandé la permission, grâce à un subterfuge déloyal. Le mot « fourberie » lui vient à l'esprit. Comment peut-elle faire une chose pareille ? Jusqu'à la dernière seconde, elle est tentée de rebrousser chemin, sous n'importe quel prétexte, mais la curiosité l'emporte sur sa bonne conscience.

Son hôte la mène jusqu'à une remise située derrière la maison. Il ouvre la porte et l'invite à entrer. Même si elle ne fait que cinq pieds deux pouces, Marie doit se pencher pour pénétrer à l'intérieur de l'antre de Raphaël. À travers le fouillis, elle découvre une étagère bancale où une douzaine de crânes sont classés par ordre de grandeur. Jérémie s'empare du plus petit et le lui présente.

— Un crâne de grenouille, précise-t-il.

Il le lui tend, mais Marie n'ose pas le prendre. Elle a l'impression de profaner un lieu sacré auquel elle n'aurait jamais dû avoir accès. Raphaël ne lui pardonnera jamais cette intrusion.

— Je dois partir, maintenant, dit-elle d'une voix vacillante. Je reviendrai quand votre petit-fils sera là.

— Bien sûr ! Vous êtes la bienvenue. Raphaël pourra vous expliquer mieux que moi comment il procède pour nettoyer les crânes. Vous verrez : c'est un passionné !

Jérémie la précède à l'extérieur.

Malgré elle, Marie s'attarde. Elle ne reviendra jamais ici. Ce ne sera plus possible après ce sacrilège. Alors qu'elle aurait eu très envie de mieux connaître ce garçon mystérieux, elle a tout gâché. Leurs chemins ne se sont pas croisés pour rien, elle en est convaincue. Raphaël aurait pu lui apprendre beaucoup de choses, et pas seulement au sujet de la mort de Régis. Or, par sa faute, leur probable amitié ne naîtra jamais.

Distraite par ses pensées défaitistes, elle s'accroche les pieds dans une chaudière qui traînait près de la porte. En se penchant pour la replacer, elle découvre une boîte de bois remplie d'objets disparates. Son œil est alors attiré par une couleur qui détonne dans la grisaille poussiéreuse des lieux.

Son cœur bat la chamade.

Elle sort en titubant, comme si elle avait bu. Avant de partir, plutôt que de tendre la main à Jérémie, elle lui adresse un salut enfantin.

Elle ne pouvait pas le toucher. Il aurait perçu son désarroi.

Chapitre 15

— Vous en êtes absolument certaine ?

Stupéfaite, Stéphanie a du mal à croire ce que Marie vient de lui raconter. Toutefois, cette dernière est si bouleversée par sa découverte qu'il paraît impossible, et presque offensant, de douter de sa bonne foi. De tels rebondissements ne s'inventent pas, à moins de posséder un esprit tordu, ce qui n'est pas le cas de celle qu'elle persiste à appeler sa belle-mère.

— C'était le même couteau ? insiste-t-elle pourtant, par acquit de conscience. Vous en êtes vraiment certaine ?

— Oui. Je ne peux pas me tromper. Les couteaux que j'ai vus chez Régis étaient absolument identiques. Un modèle et une couleur remarquables, uniques.

— D'autres personnes pourraient quand même en posséder de semblables, vous ne croyez pas ?

— Peut-être, admet Marie, mais j'ai la quasi-certitude que ces couteaux ont été fabriqués par un artisan. Il se pourrait bien qu'il s'agisse d'un modèle exclusif et dispendieux. Ce genre d'objet d'art ne se trouve pas à tous les coins de rue, et surtout pas dans la tanière d'un jeune garçon de treize ans.

— La coïncidence est troublante, en effet. Et encore davantage si un couteau manquait chez Régis Nantel.

Marie se mord les lèvres. À ce sujet, malheureusement, sa mémoire lui fait défaut. Elle ne pourrait pas jurer avoir vu un espace vide dans le socle, mais elle n'est pas non plus persuadée du contraire.

— Je ne sais pas, marmonne-t-elle. Je n'ai pas fait attention. Je n'avais aucune raison à ce moment-là...

— Et pourquoi monsieur Nantel aurait-il apporté un couteau de cuisine à la montagne ? Un canif, peut-être, mais pas ce genre d'ustensile. À moins de vouloir s'en servir pour la cueillette des champignons... Vous croyez que c'est possible ?

— Non.

La réponse est catégorique. Un seul mot, mais qui comporte son lot de sous-entendus. La perplexité de Marie n'a d'égale que son désarroi. Plus les indices s'accumulent, plus le drame qui s'est joué sur la montagne ce jour-là lui apparaît complexe, imprécis, truffé d'inexactitudes, d'incertitudes. Comme un labyrinthe inextricable qui se déploierait à l'infini pour aboutir au même endroit, sur la même tête, la sienne.

Pourquoi Régis avait-il ce couteau sur lui et par quel hasard le jeune Raphaël se trouve-t-il en sa possession ? Ce dilemme lui trotte dans la tête avec la lourdeur d'un cheval de trait qui tournerait en rond, creusant un sillon dans la terre meuble, de plus en plus profond, jusqu'à devenir un gouffre.

— Je pense qu'il faut d'abord vérifier s'il s'agit bien d'un couteau qui appartenait au défunt, propose Stéphanie avec pragmatisme.

— Comment ?

— Trouvons un prétexte pour retourner chez lui.

Sans trop savoir de quelle manière elles aborderont le neveu de Régis Nantel, les deux femmes prennent la direction de la maison du défunt dès le lendemain matin, juste après avoir déposé Noé à l'école.

Même en y réfléchissant chacune de leur côté une bonne partie de la nuit, elles n'ont pas trouvé de raison valable et plausible de relancer le jeune homme. Toutefois, il leur semble impérieux d'effectuer cette démarche et elles se croient capables d'improviser, une fois sur les lieux.

Ni l'une ni l'autre n'aurait pu espérer que le prétexte rêvé leur serait offert sur un plateau d'argent.

— La maison est à vendre !

— Et je souhaite acheter une maison ! Quel heureux hasard !

Les deux complices s'esclaffent. L'excuse est parfaite, et si vraisemblable qu'elles ont presque envie d'y croire.

Pierre-Luc Brière reconnaît Marie au premier coup d'œil.

— J'accompagne mon amie, s'empresse-t-elle de préciser. Elle cherche une maison dans le quartier et nous avons aperçu la pancarte. Je ne savais pas que vous aviez décidé de vendre.

— Oui. Je ne pense pas demeurer au Québec quand j'aurai terminé mon doctorat. De plus, je n'ai ni le goût ni les moyens d'entretenir une si grande maison.

— Je comprends, dit Marie en touchant le bras du jeune homme.

Elle a de la peine pour lui. Sa compassion n'est pas feinte. La mort de son oncle a chamboulé la vie de ce garçon et il a de graves décisions à prendre. Il est à un moment charnière de sa vie et Marie comprend que rien n'est facile en de telles circonstances. Il doit faire les bons choix.

— Je vous fais visiter ?

Pendant que Stéphanie feint de s'intéresser aux détails fournis par Pierre-Luc au sujet de la maison, Marie se tourne vers l'armoire où se trouvaient les couteaux la dernière fois qu'elle est venue. Ils n'y sont plus.

Déçue, elle suit leur guide, mais quand il veut les entraîner à l'étage pour poursuivre la visite, elle demande plutôt si elle peut utiliser la salle de bain. Pierre-Luc lui indique alors une petite pièce au bout du couloir.

Dès que Stéphanie et le jeune homme se sont suffisamment éloignés, Marie se précipite à la cuisine et, sans faire de bruit, elle entreprend de fouiller dans les armoires. Elle trouve les couteaux bien rangés dans leur socle. Il en manque un, le plus gros, si elle se fie à l'espace laissé vacant. Elle s'empresse alors de vérifier les autres armoires ainsi que les tiroirs pour s'assurer qu'il n'a pas été placé ailleurs, mais en vain. Pour ne rien laisser au hasard, elle ouvre ensuite le lave-vaisselle. Il est vide. À l'évidence, il manque un couteau.

Ambivalente, ne sachant trop si cette découverte représente une bonne ou une mauvaise nouvelle, elle rejoint les deux autres à l'étage et la visite se poursuit pendant quelques minutes.

Aussitôt mise au courant de la disparition du couteau, Stéphanie n'hésite pas sur les gestes à poser. Elle est catégorique.

— Il faut retourner voir Raphaël et le questionner. Je ne vois pas d'autre solution. Il est le seul à pouvoir nous fournir une explication.

Marie se montre moins sûre d'elle.

— J'ai peur, avoue-t-elle. Parfois, il vaut mieux ignorer la vérité. Le mal a déjà été fait. Il y a eu mort d'homme. Je ne voudrais pas en rajouter.

— Je ne comprends pas ! s'indigne Stéphanie. Si un assassin se promène en liberté, prêt à frapper de nouveau, il faut tout faire pour l'arrêter !

Marie secoue la tête.

— Je crois que tu exagères. Un assassin ! Allons ! Soyons un peu réalistes. On parle ici d'un garçon de treize ans.

— Je ne pensais pas à Raphaël...

— À qui donc ? s'étonne Marie.

— Je ne sais pas... Régis Nantel a peut-être rencontré un rôdeur, quelqu'un qui en voulait à son argent. Allez savoir ! On peut envisager de nombreuses hypothèses.

— Et il lui aurait lui-même fourni une arme ? Qu'il aurait apportée avec lui, au cas où ?...

Décidément, ce couteau qui semble se promener d'une personne à une autre sans véritable raison les intrigue et les déconcerte. Il symbolise à lui seul toute l'incohérence de cette mésaventure.

— Si Régis a apporté ce couteau dans la montagne, que voulait-il donc en faire ?

La question posée par Marie est si oppressante que ni l'une ni l'autre n'ose proposer une réponse. Ce serait ouvrir la voie à des suppositions que les deux femmes refusent d'envisager.

— Quand on pense que vous vous trouviez dans les parages, seule, et qu'il le savait, marmonne Stéphanie.

— Régis est mort, maintenant. Nous ne connaîtrons sans doute jamais ses intentions, mais le fait est qu'il ne représente plus un danger pour personne, si cela a déjà été le cas. À quoi bon remuer ses cendres ?

— Et si c'était une autre personne qui avait apporté ce couteau ? Y avez-vous songé ? Une autre personne qui aurait suivi Régis Nantel dans le but de le tuer...

— Tu penses à quelqu'un en particulier ? Son neveu ?

Stéphanie hoche la tête en signe d'assentiment.

Les deux femmes gardent le silence un moment, le temps d'assimiler cette possibilité, de la soupeser, de faire le tri entre réalité et fabulation.

— Non, conclut Marie. C'est impossible. Jamais je ne pourrai même envisager cette éventualité. Ce garçon me semble incapable d'un tel crime.

Stéphanie grimace. Elle aussi préférerait se tromper, mais elle n'est pas convaincue.

— Alors, on n'a pas le choix. Je le répète : il faut à tout prix avoir un entretien avec Raphaël.

Marie est d'accord, mais il lui manque une vraie raison pour approcher de nouveau le jeune garçon et son grand-père. Désormais, son prétexte ne tient plus. D'ailleurs, Raphaël a dû être mis au courant de sa visite, et il sait qu'elle a menti.

– La photo! s'écrie Stéphanie. J'ai pris une photo de lui et de son chien l'autre jour. Vous vous rappelez? Elle est magnifique! En toute modestie... Je vais l'imprimer, l'encadrer, et nous irons la lui offrir. Un petit cadeau... Il ne pourra pas refuser.

Séduite par cette idée, Marie s'apprête à féliciter la jeune femme pour son ingéniosité lorsque son cellulaire vibre dans sa poche. Un bref coup d'œil au numéro affiché la fait frémir.

– C'est lui..., murmure-t-elle.

– Raphaël?

– Non, Pierre-Luc, le neveu de Régis.

– Vite, répondez!

En essayant de contrôler ses tremblements, Marie porte le cellulaire à son oreille. Quand elle entend la voix de son interlocuteur, elle ressent une crainte qu'elle a du mal à cacher. Stéphanie a réussi à faire naître des soupçons qu'elle ne peut plus ignorer. Elle ne fera plus confiance à personne. Dorénavant, elle verra le mal partout.

Après quelques échanges se résumant à oui, non, pourquoi ou d'accord, Marie referme son cellulaire. Son visage blême effraie Stéphanie, qui craint une mauvaise nouvelle.

– Que se passe-t-il? Vous ne vous sentez pas bien? Cet homme vous aurait-il fait des menaces?

– Non, non, la rassure Marie en tentant de se ressaisir. Il veut que j'aille le voir demain. Nous avons pris rendez-vous.

– Je vais y aller avec vous. Tant que nous ne saurons pas le fin mot de cette histoire, je ne vous laisserai pas le rencontrer sans être accompagnée.

À l'inverse de sa belle-mère, la jeune femme prend des couleurs. Ses joues rougissent d'excitation. La sentant animée d'une ferveur aventureuse qu'elle ne partage pas, Marie tâche de la calmer.

– Je suis certaine qu'on se fait des idées. Notre imagination nous joue des tours et notre esprit critique s'en trouve déformé, ainsi que notre jugement. Je vais y aller seule. Il ne se passera rien.

Stéphanie veut riposter, mais Marie l'interrompt.

– C'est décidé.

— D'accord, accepte la jeune femme, mais je vais vous y conduire et j'irai vous chercher après. De cette façon, il comprendra que quelqu'un sait que vous êtes avec lui.

Le lendemain, dès que Pierre-Luc lui ouvre la porte, Marie se retourne pour saluer Stéphanie d'un geste de la main. Celle-ci attend quelques secondes pour s'assurer que le jeune homme l'a aperçue, puis elle repart lentement, comme si l'auto roulait à reculons.

— Elle passera me prendre tout à l'heure, précise Marie à son hôte.

Sa voix se fêle un peu au dernier mot, mais l'étudiant ne le remarque pas.

Une fois entrée, Marie jette malgré elle un coup d'œil sur le comptoir. Les couteaux y sont et il en manque toujours un. Ses jambes flageolent pendant qu'elle suit le neveu de Régis jusqu'au salon, où il lui offre à boire.

Elle refuse, désireuse d'écourter le plus possible cet entretien.

Le jeune homme semble l'avoir compris, car il se lance sans préambule dans le vif du sujet.

— Ma proposition va sans doute vous sembler saugrenue, mais j'espère que vous accepterez au moins d'y réfléchir.

Marie l'encourage d'un hochement de tête. Elle ignore où il veut en venir, mais elle se sent déjà rassurée. Plus elle l'observe, plus elle est convaincue que ce garçon est inoffensif et animé des meilleures intentions. Son regard est franc, sans prétention. Sa voix est calme, ses gestes, posés. Elle a devant elle un être sain de corps et d'esprit dont l'intelligence ne fait aucun doute. Cependant, quelques secondes plus tard, quand il lui demande tout de go d'achever le travail entrepris par son oncle, elle se demande si elle ne s'est pas trompée sur son compte. Aurait-il perdu la raison ? Ou se moque-t-il d'elle ?

Les yeux écarquillés, elle demeure incapable de parler pendant assez longtemps pour que le jeune homme se remette à plaider sa cause avec encore plus d'enthousiasme.

– Mon oncle ne vivait que pour son livre. C'était sa raison d'exister. Il en parlait comme d'un trésor précieux à sauvegarder, et quiconque émettait la moindre réserve sur sa capacité à mener son projet à terme se faisait aussitôt rabrouer vertement. Il avait même conçu une certaine animosité – ou une animosité certaine, devrais-je dire – contre ceux qui prétendaient écrire un ouvrage du même genre. La seule évocation de cette possibilité le mettait en colère. Par chance, le travail tirait à sa fin. Sinon, je crois qu'il serait devenu fou. En fait, je crois qu'il était devenu fou. Ces dernières semaines, il prenait des médicaments pour rester éveillé plus longtemps et ainsi continuer à travailler. Je crois que son jugement en était altéré.

Gêné d'avoir révélé le secret de son oncle, Pierre-Luc baisse la tête. Il ne remarque pas le teint livide de Marie. Quand il reprend la parole, c'est pour revenir au sujet de cette rencontre.

– Il reste très peu à faire. Un travail de révision et de mise en place. De plus, les champignons vous passionnent. Vous êtes donc la personne toute désignée pour parachever l'œuvre de Régis.

– Pourquoi ne pas demander à des spécialistes ? Je peux vous conseiller quelques noms, si vous voulez.

– Mon oncle les exécrait. Il se retournerait dans sa tombe si je faisais appel à eux.

Malgré sa bouche sèche et son souffle court, Marie réussit à articuler une réponse convenable.

– Je suis flattée, croyez-moi, mais je dois décliner cette offre. Je fais la cueillette des champignons en dilettante, après avoir suivi un petit cours de quelques heures à peine. Je n'y connais à peu près rien, juste ce qu'il faut pour y trouver du plaisir et une certaine poésie, autant dans le geste millénaire que dans la beauté de ces organismes de toutes les formes et de toutes les couleurs. Contrairement à vous et à votre oncle, je ne possède aucune fibre scientifique. Je considère les champignons comme des objets d'art, et je les observe avec un œil d'artiste.

Son hôte est déçu. Il croyait avoir trouvé la personne idéale pour compléter l'œuvre de son oncle et rendre ainsi hommage au travail acharné de celui-ci. D'ailleurs, il regrette déjà les paroles de dépréciation qui lui ont échappé. En fin de compte, Régis Nantel était comme tous les passionnés : un peu fou, certes, mais sans malice, entièrement dévoré par sa quête de savoir. Il ne faudrait pas que ses propos aient semé le doute chez son interlocutrice. Il veut s'excuser et corriger le tir, mais Marie, pressée de partir, se lève déjà. Elle prend sa veste qu'elle avait posée à ses côtés.

— Je suis vraiment désolée, marmonne-t-elle en se dirigeant vers la sortie.

En traversant la cuisine, elle ne peut s'empêcher de jeter un coup d'œil discret au jeu de couteaux. Pierre-Luc surprend son regard.

— Ils sont beaux, n'est-ce pas ? C'est un artisan coutelier iranien qui les a fabriqués. D'après ce que j'ai compris, il avait contracté une dette auprès de mon oncle. Je n'ai jamais pu en savoir davantage. Par contre, je peux vous garantir que vous n'en trouverez pas d'autres semblables. Vous voulez les voir de plus près ?

Avant même que Marie ait eu le temps de répondre, le jeune homme a tiré un des couteaux de son socle. Il se dirige maintenant vers elle. Effrayée, elle recule d'un pas tout en s'efforçant de garder une contenance assurée.

Quand il lui tend l'ustensile, elle n'a d'autre choix que de le prendre, mais l'émotion qu'elle ressent est si grande qu'elle manque de l'échapper. Le manche reluit, tel un miroir dans lequel on pourrait se mirer. Les lumières de la cuisine qui s'y reflètent créent une impression de luminosité, comme si l'objet était éclairé du dedans. En effleurant la lame, tranchante, Marie frissonne.

— Il manque un des couteaux à l'ensemble, explique Pierre-Luc, indifférent à son malaise. C'est dommage. Je l'ai cherché dans chaque pièce de la maison, mais je ne l'ai pas trouvé. Ça m'étonne, car mon oncle refusait même qu'on les sorte de la cuisine. Je ne voudrais pas médire d'un défunt qui a beaucoup fait pour moi et à qui je serai toujours redevable, mais Régis était un être quelque peu excessif et, j'oserais dire, assez possessif.

Les confidences du jeune homme surprennent Marie. Ils ne se connaissent pas et, malgré cela, il paraît désireux de se confier. On le dirait impatient d'évacuer un trop-plein, qui est peut-être dû au chagrin ou à autre chose. Une certaine amertume ? De l'envie ? Marie n'arrive pas à identifier le sentiment qui habite le neveu de Régis.

— Je ne l'ai pas assez fréquenté pour avoir remarqué ces traits de caractère, admet-elle, maintenant avide de le faire parler, car lui seul était assez proche du défunt pour démêler l'imbroglio dans lequel elle s'empêtre depuis des semaines.

— Je comprends. D'ailleurs, il pouvait être tout à fait charmant et de très agréable compagnie à ses heures. Mais comme il ne supportait pas d'être contrarié, ses relations s'achevaient le plus souvent après un différend.

— Il n'avait pas d'amis ?

— Très peu, et il ne les gardait pas très longtemps. Les quelques personnes qui sont venues à son enterrement s'étaient pour la plupart disputées avec lui, à un moment ou à un autre. Il avait émis sur chacune d'entre elles des commentaires désobligeants, et parfois haineux, que je me suis rappelés en leur serrant la main. J'aurais pu accoler une réplique cinglante de mon oncle à chaque personne présente.

Marie plaint le jeune homme qui a été le confident d'un parent au tempérament difficile. À ce qu'elle comprend entre les mots et aux expressions faciales de Pierre-Luc, Régis Nantel ne l'a pas ménagé, lui non plus.

— Vous l'aimiez beaucoup, murmure-t-elle.

— Il était ma seule famille...

— Je suis certaine qu'il a beaucoup apprécié votre présence fidèle auprès de lui.

L'étudiant hoche la tête. Il ne sait pas si son oncle l'estimait à sa juste valeur, mais il demeure persuadé d'avoir fait son possible pour qu'ils trouvent ensemble un peu de bonheur.

Après avoir remis le couteau à son hôte, Marie se dirige vers la porte.

Pierre-Luc lui saisit alors le bras.

Apeurée par ce geste inattendu, qu'elle ressent comme une agression, Marie se dégage rudement. Elle a les nerfs à vif.

– Oh! Excusez-moi, dit-il, repentant. Je ne voulais pas être brusque. Auriez-vous la gentillesse de patienter encore quelques instants? Je reviens tout de suite.

Sans attendre sa réponse, il se précipite à l'étage et Marie l'entend fouiller dans un tiroir. Soudain méfiante, elle pose une main sur la poignée de la porte, se demandant si elle ne devrait pas s'enfuir et retrouver Stéphanie le plus vite possible. Or, son instinct, plus fort que sa peur, lui intime l'ordre de rester, à son corps défendant.

Après quelques secondes, le jeune homme revient, un peu essoufflé et les joues rouges.

Il lui tend un document volumineux.

– S'il vous plaît, la supplie-t-il. Pouvez-vous au moins y jeter un coup d'œil? Vous déciderez ensuite.

La liasse de papiers pèse lourd et surprend Marie qui ne s'attendait pas à un tel poids. D'ailleurs, le manuscrit pèse autant sur sa conscience que sur ses bras.

– D'accord, dit-elle afin de mettre fin à cette scène étrange, dont elle ne saisit pas le véritable sens. Je vais le regarder, en mémoire de Régis, et je vous le rapporte dès que j'ai terminé.

Le jeune homme balaie l'air de sa main, comme s'il voulait éloigner ce document de sa vue. Son sort l'intéresse peu. À sa moue désabusée, Marie comprend qu'elle peut garder le manuscrit, le jeter ou le brûler. Peu importe! Pierre-Luc ne lui en tiendra pas rigueur. Il en sera même soulagé. Cet ouvrage ne lui rappelle pas que de bons souvenirs. S'il pouvait s'en débarrasser, sans avoir à commettre lui-même le geste destructeur, il ne s'en porterait que mieux.

Quelques minutes plus tard, quand elle retrouve Stéphanie qui l'attendait devant la maison, Marie est trop estomaquée pour lui raconter ce qui s'est passé. Elle lui fait signe de démarrer. Une fois le coin de la rue tourné, elle n'en peut plus de tenir le document sur ses genoux. L'impression d'une lourdeur, d'une brûlure... Elle le dépose sur la banquette arrière. Alors seulement, elle trouve la force de parler.

Chapitre 16

Après avoir fait un compte rendu de son entretien avec Pierre-Luc, il a fallu à Marie un immense pouvoir de persuasion pour convaincre Stéphanie de la laisser seule.

— J'ai besoin de temps et de solitude pour réfléchir à tout ça, lui a-t-elle affirmé. Et je te défends de t'inquiéter pour moi.

À contrecœur, sa jeune amie a accepté de s'éloigner pendant quelques jours, mais non sans lui avoir arraché la promesse de l'appeler dès qu'elle en sentirait le besoin.

Marie est donc étonnée lorsque la sonnette de la porte retentit, dès le lendemain matin. Stéphanie manquerait-elle déjà de patience ?

En allant ouvrir, Marie se prépare à la sermonner. Gentiment, bien sûr, mais avec fermeté. Stéphanie doit comprendre qu'elle n'est pas prête, pas plus que la veille, à discuter avec quiconque des incidents des dernières semaines et des révélations des derniers jours. En vérité, elle souhaite ne plus y penser, vider son esprit. Si elle pouvait effacer de sa mémoire les Julien, Raphaël, Pierre-Luc, Régis... D'ailleurs, le manuscrit de ce dernier a été rangé dans une garde-robe, sur la tablette du haut, hors de sa vue et hors d'atteinte, à moins de monter sur une chaise. Elle espère ainsi l'oublier, et mieux encore, le faire disparaître. Elle a même rêvé qu'il se réduisait en poussière de lui-même.

Alors qu'elle se rapproche de la porte d'entrée, Marie aperçoit une silhouette familière à travers les rideaux. Ce n'est cependant pas celle qu'elle s'attendait à découvrir. À la fois apeurée et poussée par un élan irrésistible, elle s'arrête net. Elle voudrait rebrousser chemin, se réfugier dans sa chambre et devenir invisible, mais, en même temps, son cœur bat la chamade et un frisson lui parcourt l'échine.

Son visiteur l'a aperçue. Il lui adresse un petit signe de la main. Impossible maintenant de s'éclipser. D'ailleurs, elle ne le souhaite pas vraiment.

— Entre, tu es toujours chez toi.

Elle aurait préféré une meilleure formule pour accueillir son mari, mais les mots se sont échappés de ses lèvres, avant même qu'elle ait le temps d'y réfléchir.

— Justement..., commence Julien sur un ton hésitant.

— Justement quoi ?

D'où sort donc cette voix agressive qu'elle ne se reconnaît pas ? Comme si un ventriloque s'était emparé de ses cordes vocales.

— Je ne veux pas te déranger, mais je crois qu'il faudrait qu'on parle. On ne peut pas continuer comme ça.

— Comme quoi ?

Encore ce débit saccadé, qui ressemble davantage à un aboie-ment qu'à une conversation entre gens de bonne volonté.

— Tu m'en veux beaucoup, n'est-ce pas ? demande Julien.

L'attitude de sa femme le blesse, mais il a conscience de ses torts. Voilà ce qu'il est venu lui dire, sans trop savoir comment aborder le sujet pour ne pas la heurter davantage.

De son côté, tiraillée entre colère, tristesse et regrets, Marie se retient de pleurer. De peine et de misère, elle ravale ses larmes. La fin consternante de leur si longue relation – quarante ans d'un lien amoureux qu'elle croyait indestructible ! – la déçoit et lui arrache le cœur. Ils auraient dû se montrer plus rusés, plus inventifs que le désamour qui guette chaque couple, plus endurcis que les épreuves qui désunissent ou que le temps qui égratigne tout sur son passage. Ils n'ont pas réussi et elle s'en veut, presque autant qu'elle en veut à son mari.

— Nous avons manqué de courage, dit-elle. Et ça me désole...

— Ne te fais surtout aucun reproche ! Je prends tout le blâme. J'ai été d'une stupidité effroyable. Je suis venu te demander pardon.

Son mari est un être fier. Sa démarche et les paroles qu'il vient de prononcer doivent lui coûter beaucoup. Marie reconnaît l'effort consenti. En outre, comme chaque fois qu'il a confessé ses torts pendant leur vie commune, elle le trouve attachant dans sa tentative malhabile de modestie.

— Viens t'asseoir, dit-elle. Tu as raison. Il faut qu'on parle.

Julien la suit jusqu'au salon et avant même qu'il ait eu le temps de retirer son imperméable, avant même le premier regard échangé, ils se retrouvent dans les bras l'un de l'autre. Assoiffés. Affamés. Ils viennent de découvrir une oasis dans un désert brûlant. Marie refuse de réfléchir. Elle s'en remet à ses sens. Elle doit combler ce manque qu'elle ressentait sans le reconnaître. Besoin de tendresse, de chaleur. Besoin de l'autre qui sait par cœur ses failles et ses secrets, qui a vu naître chacune de ses rides, qui n'ignore rien de ses peurs et de ses rêves. L'autre qui avait osé promettre et qui n'a pas tenu parole.

Après l'amour, quand l'euphorie s'estompe et que le quotidien refait surface dans toute sa banalité, Marie redevient une femme trompée. Julien veut la prendre dans ses bras, mais elle s'éloigne juste assez pour qu'il comprenne que rien n'a été dit. La situation n'a pas changé. Même si les corps se sont reconnus, la flamme continue de vaciller, toujours aussi fragile que dans l'heure précédente.

— Je t'aime, murmure Julien. Je regrette...

Des larmes roulent dans sa voix.

— Je ne peux pas... Pas maintenant... Pas encore...

Son mari devra se contenter de ce mince espoir.

En le regardant se déplacer dans la chambre, remettre ses vêtements, refaire des gestes qu'elle a pu observer des milliers de fois et qui les soudent l'un à l'autre, Marie a envie de le supplier de rester, de ne plus jamais la quitter. La seconde suivante, elle se retient de se lancer sur lui pour le rouer de coups. Elle voudrait le battre jusqu'à ce qu'il comprenne la douleur, la vraie, celle qu'il lui a infligée.

Une heure après son départ, elle se lève à son tour.

Il a laissé un message sur la table : « Je t'en supplie, pardonne-moi. »

Après avoir relu ces quelques mots à plusieurs reprises, Marie éclate en sanglots. Elle ne sait plus ce qu'elle désire. Son bonheur tranquille lui échappe. Partir le plus loin possible lui ferait sans doute un bien immense, mais elle transporterait à coup sûr son désarroi dans ses bagages. Son fils lui manque plus que jamais. Elle aimerait s'appuyer sur ce grand garçon, cet homme qu'elle ne connaîtra jamais et dont elle invente les rires et les rides, jour après jour. A-t-elle jamais été heureuse depuis son départ ? Pleinement heureuse ? Le temps a adouci son chagrin, certes. Il a apaisé la brûlure qui lui consumait le cœur. Elle a vécu et elle continue à vivre, mais chaque obstacle auquel elle doit faire face la ramène à cette douleur première, la plus atroce, la plus profonde. L'inconcevable.

Elle éprouve soudain le besoin pressant d'une main rassurante sur la sienne, d'une oreille attentive et compatissante. Une présence. Pour éloigner ce vide immense dans lequel elle se noie.

En séchant ses larmes, elle compose le numéro de Stéphanie.

Celle-ci répond à la première sonnerie, comme si elle avait attendu son appel une partie de la nuit.

– Dis donc, ça te tenterait de venir marcher avec moi ? Une petite marche de santé, pour profiter de ce beau soleil.

Malgré les larmes qui lui serrent la gorge, elle a réussi à prendre une intonation joyeuse.

— J'aurais adoré ça ! Mais Noé est ici. C'est samedi...

— Tu pourrais l'amener. Ce serait formidable ! Je connais un parc magnifique avec une piste d'hébertisme, à quinze minutes de chez moi. Ton fils va s'amuser, je te le promets.

— Excellent ! Il sera ravi, j'en suis certaine. Nous serons là dans trente minutes.

Ni l'une ni l'autre n'a abordé le sujet qui les tracasse. Sans même se consulter, elles ont convenu d'une trêve.

En entrant dans la maison, Noé lui tend une jolie boîte ornée d'un ruban. Marie l'ouvre avec ravissement, mais avant même qu'elle en ait découvert le contenu, le garçon vend la mèche, trop excité pour attendre.

— Je les ai faits moi-même ! lance-t-il avec fierté.

La décoration des biscuits laisse à désirer, mais cette délicate attention touche Marie profondément. Elle enlace le petit Noé qui se dépêche de se libérer. Il ne s'attendait pas à ce que ses biscuits causent un tel émoi.

— Tu n'y goûtes pas ? demande-t-il, déçu, en voyant que Marie referme la boîte.

— Nous allons les apporter au parc, avec du jus, du fromage et quelques fruits, et nous ferons un pique-nique. Qu'en penses-tu ?

Cette proposition plaît au garçon, qui presse alors les deux femmes :

— Dépêchez-vous, qu'on ait le temps de jouer !

Cet après-midi radieux, inondé de soleil et plutôt chaud pour un mois d'octobre, libère Marie de ses tourments. Pendant plus de trois heures, elle se consacre au plaisir de jouer. Cueillir des fleurs et en faire des bouquets, bâtir un village avec des aiguilles de pins, se balancer, grimper dans des échelles de corde, si instables qu'elle manque de tomber à plusieurs reprises, se griser du rire de Noé, de ses remarques rigolotes, de son bonheur vrai, immense, simple, absolu, sans ombre, sans contrainte. Imperméable aux tourments des grands, tout entier dans l'instant présent, le garçon entraîne les deux femmes dans son univers et elles n'hésitent pas à le suivre, lui laissant les commandes, se libérant ainsi des multiples lourdeurs de la vie et des petits et grands tracas du quotidien.

Assis sur un tapis de feuilles mortes, les trois complices s'arrêtent un moment pour déguster fruits et biscuits avant de descendre vers la rivière, où une volée de bernaches leur offrent un spectacle émouvant. Sans se regarder, Stéphanie et Marie imaginent des départs et des retours, des migrations souvent semblables à des fuites.

— Regardez! Il y a un drôle de canard avec les bernaches. Il est plus petit. Prends une photo, maman!

— D'accord. On vérifiera dans le guide des oiseaux quand on sera à la maison.

— Ce ne sera pas nécessaire, explique Marie. Il s'agit d'une macreuse noire.

Impressionné, Noé jette sur l'amie de sa mère un regard émerveillé, et Marie éprouve le sentiment grisant d'avoir révélé à l'enfant un précieux secret. Une complicité vient ainsi de se créer entre eux, et Marie en ressent un bonheur immense.

— Il va bien falloir rentrer, annonce pourtant Stéphanie, à contrecœur. J'ai du travail qui m'attend. On m'a demandé des photos pour illustrer un album jeunesse. Je dois fouiller dans les milliers de clichés que j'ai accumulés depuis des années.

— Oh non! On ne part pas déjà! objecte son fils.

— Il le faut, mon grand. Mais on reviendra, c'est sûr.

Voilà, chacun reprend son rôle. La mère décide et sonne la fin de la récréation. Le garçon se plie à la règle sans trop rechigner. Marie également.

Toutefois, quand Stéphanie la dépose chez elle, le vide lui apparaît plus vertigineux qu'avant cette sortie. La petite note de Julien est restée sur la table. Marie la relit à voix haute, sans y mettre la moindre émotion, en espérant que les mots parleront d'eux-mêmes, qu'ils seront assez puissants pour lui indiquer la voie à suivre. Or, rien ne lui est révélé. Le sentier à emprunter demeure dans l'obscurité.

Déterminée à voguer le plus longtemps possible sur cette joie emmagasinée auprès de Noé et de Stéphanie, Marie déchire la petite note et se dirige vers son bureau afin de se remettre au travail. Une traduction fastidieuse l'attend, mais c'est un contrat de longue haleine. Rien d'urgent, a précisé le client. Elle préfère néanmoins se mettre à l'œuvre dès maintenant, histoire de prendre de l'avance pour laisser de la place à ce qui pourrait se présenter. Ne sachant plus ce que l'avenir lui réserve, elle ne peut pas se permettre de lever le nez sur une rentrée d'argent. Il lui faut donc organiser son horaire de façon à avoir du temps pour tout ce qu'on lui proposera.

Après avoir besogné pendant près de deux heures, la traductrice se trouve confrontée à un problème d'abréviation qu'elle se rappelle avoir déjà résolu sans toutefois se souvenir de la réponse exacte. Soucieuse de trouver la solution avant le repas du soir, elle ouvre grand la porte de la garde-robe où sont rangés ses livres de référence ainsi que ses nombreuses notes prises au fil du temps. En grimpant sur une chaise pour atteindre les dossiers du fond, elle tombe sur le manuscrit de Régis Nantel et ne peut résister à l'envie de le feuilleter. Quelques pages... Juste pour voir...

Trente minutes plus tard, elle est toujours assise par terre, le paquet de feuilles sur ses genoux. Elle découvre avec ébahissement le travail gigantesque auquel s'est attelé le défunt. Son neveu avait raison. Régis Nantel a dû consacrer une grande partie de sa vie d'adulte à ce projet. Il a dû y réfléchir pendant de nombreuses années, accumuler la documentation. Rien d'étonnant à ce que, une fois lancée, sa recherche soit peu à peu devenue une obsession. On le devine aux détails, aux précisions, aux notes abondantes. Il ne pouvait en être autrement, car l'œuvre, titanesque, exigeait un engagement total.

Du bout des doigts, Marie effleure les esquisses dessinées par Régis. Le livre en compte des centaines, raffinées, nécessaires, d'une clarté limpide. L'auteur a échafaudé une méthode qui plaira aux mycologues, débutants ou experts. Déjà, grâce à ce survol rapide, Marie trouve des réponses à certaines de ses interrogations. Elle reconnaît en effet des spécimens qu'elle n'a pas encore réussi à identifier sur le terrain et qui, grâce aux dessins et aux explications de Régis, se distinguent mieux. À partir d'une science complexe, le chercheur a inventé une approche simple, à la portée de tous.

Ce qui fascine le plus Marie, ce sont les notes éparpillées ici et là dans les marges. Parfois difficiles à déchiffrer, elles témoignent d'un immense souci de clarté. En se relisant, Régis a constamment cherché à préciser sa pensée. Ne voulant rien laisser au hasard, il a ajouté des éclaircissements qu'il comptait sans doute joindre à la version finale. Bien entendu, il souhaitait que son ouvrage soit le plus complet jamais édité.

– Quelle réalisation colossale ! s'exclame Marie, estomaquée.

En même temps, elle songe à leur dernière conversation, alors qu'elle a révélé à Régis son désir de rédiger un ouvrage sur les champignons. Comme il a dû se moquer d'elle, rire dans sa barbe ! Il savait bien que jamais elle ne se hisserait à sa hauteur. À moins qu'il n'ait perçu son projet comme une menace... S'en était-il offusqué ? S'il lui en avait parlé, ils auraient pu s'expliquer. Elle lui aurait démontré à quel point leur démarche était différente. Alors qu'il travaillait sur un ouvrage scientifique, elle-même s'intéressait bien davantage à l'aspect romantique des champignons. Elle imaginait des photos aux allures impressionnistes, accompagnées de pensées ou de poèmes. Vraiment rien à voir avec le monument d'érudition qu'elle tient entre ses mains.

Rougissante à cause de ses émotions entremêlées, Marie continue de tourner les pages. Maintenant qu'elle a saisi le principe original que Régis désirait mettre de l'avant, elle s'attarde sur les notes manuscrites. Certaines insistent à grand renfort de majuscules sur une particularité, d'autres reproduisent une carte sommaire. Parfois, l'incorrigible perfectionniste a retouché un dessin. Des dates et des noms de lieux indiquent où et quand trouver certains spécimens. D'autres annotations servent d'aide-mémoire : « Retourner à cet endroit en août... », par exemple. Quelques remarques sont toutefois plus personnelles. Marie sourit en lisant des phrases exclamatives qui témoignent de la joie de Régis à la suite de ses heureuses découvertes. « Magnifique journée ! » écrit-il. Ou bien : « Il a plu, mais j'ai trouvé ce que je cherchais ! »

Puis, à la page 180, en marge du deuxième paragraphe, sous un trait de crayon rageur, Marie découvre ce qu'elle ne cherchait pas. Ce qu'elle n'aurait jamais voulu trouver... Son cœur galope dans sa poitrine. Risque d'éclater.

Chapitre 17

— Cette histoire est absolument aberrante !

Accourue dès l'appel de sa belle-mère, Stéphanie n'arrive pas à exprimer son étonnement, son dégoût, sa perplexité. Elle ne trouve pas les mots justes et sensés qui traduiraient sa pensée.

Les yeux bouffis de sommeil, elle ne peut que répéter des phrases vides qui devraient la soulager, mais qui ne font qu'accroître sa confusion. Toute la gamme des synonymes y passe : absurde, démente, insensée...

— Insensée ou non, je crois que le doute n'est plus possible, la coupe Marie, aussi bouleversée que sa jeune compagne.

— Le couteau... Ce serait donc... Non ! Tu es certaine ?

Troublée et choquée, Stéphanie est passée au tutoiement sans s'en apercevoir. L'heure est trop grave. Marie a besoin de son soutien et il ne doit plus y avoir de distance entre elles, même pas dans le langage.

L'esprit perturbé, Marie ne remarque pas le changement. Elle a passé une nuit horrible. Rien dans sa vie ne l'a préparée à ce qu'elle vit en ce moment. Avec Stéphanie, elle vient de traverser un miroir, et les deux femmes découvrent ensemble un aspect de l'humanité qu'elles n'avaient guère soupçonné jusque-là.

En avançant à l'aveuglette dans cette histoire, elles ont abouti dans un cul-de-sac et cherchent en vain une sortie inexistante.

– Je ne crois rien, répond Marie. Je voudrais m'endormir et me réveiller dans un siècle, et autant que possible sur une autre planète.

Avec précaution, comme s'il s'agissait d'un objet empoisonné, Stéphanie reprend le manuscrit. Elle relit à voix haute, pour la dixième fois, les quatre mots soulignés et surlignés à grands traits.

– Je vais la tuer...

Bien que murmurée d'une voix douce, cette petite phrase leur donne de nouveau la chair de poule.

Sous les mots tracés avec une hargne évidente – la barre du *t*, épaisse, n'en finit plus de finir et s'élance au-dessus des autres lettres en les fauchant les unes après les autres – s'étale une date fatidique : le 23 septembre. La journée même de la mort de Régis. La journée où le drame s'est déroulé, pendant que Marie, enjouée et inconsciente, remplissait son panier de chanterelles.

– Il serait venu sur la montagne pour me tuer ? Tu crois que cette possibilité est envisageable ?

Marie respire par à-coups. La cruelle réalité la rattrape. Tant qu'elle n'avait pas prononcé chacune de ces syllabes qui, mises les unes à côté des autres, expriment les funestes intentions de Régis Nantel, elle se permettait de croire à une illusion, à un mirage qui disparaîtrait à mesure qu'elle s'en rapprocherait. Maintenant qu'elle a osé se questionner à haute voix et qu'elle a énoncé cette hypothèse inconcevable, il devient très difficile de reculer ou de continuer à nier l'évidence.

– C'est terrible, murmure Stéphanie. Peux-tu imaginer ce qui aurait pu se passer ? Il faut en parler à la police.

– Pourquoi ? lui rétorque Marie. D'abord, personne ne va me croire. Je me vois mal annoncer aux policiers que quelqu'un a voulu me tuer parce que je pensais écrire un livre sur les champignons. Une intention très vague que j'avais à peine effleurée avec lui au téléphone. Ils vont se moquer de moi ou, pire encore, ils vont m'accuser de l'avoir moi-même poussé de la falaise pour me défendre ou pour me débarrasser d'un compétiteur.

— À moins qu'ils soupçonnent Raphaël...

Marie porte la main à sa bouche, horrifiée à cette seule idée.

— C'est un enfant..., marmonne-t-elle.

— Mais il a le couteau en sa possession, lui rétorque Stéphanie, plus rapide à reprendre ses esprits. Il faut absolument le rencontrer si on veut comprendre ce qui s'est passé. Nous devons découvrir comment il a obtenu ce couteau. S'il l'a trouvé, il nous le dira. Sinon... je ne sais plus quoi penser...

La jeune femme secoue la tête, perplexe. Marie n'en mène pas large, elle non plus. Sous quel prétexte et de quel droit peuvent-elles interroger cet enfant ? Raphaël est un être discret, blessé et fragile. Il a besoin d'affection et de protection. Ce serait criminel de le perturber plus qu'il ne l'est déjà. D'ailleurs, son grand-père ne le permettrait pas.

Cependant, Stéphanie a raison. Seul Raphaël pourra leur révéler les fragments de l'histoire qui leur manquent.

— Je vais y aller, dit Marie. Son grand-père me connaît et il a été gentil avec moi.

— Ah bon... gentil ? s'étonne Stéphanie, qui a cru déceler une certaine tendresse dans la voix de sa belle-mère.

Le regard à la fois inquisiteur et narquois de sa jeune amie gêne Marie.

— Une façon de parler, se croit-elle obligée de préciser. Disons qu'il ne m'a pas mise à la porte, même s'il en aurait eu le droit !

— D'accord, je comprends !

Stéphanie rit franchement de l'embarras de sa compagne. Un rire libérateur et communicatif qui allège l'atmosphère.

— J'apporterai la photo dont tu m'as parlé. Ça me fera une bonne entrée en matière, reprend Marie pour mettre fin aux allusions à peine voilées de la photographe.

— Je ne l'ai pas encore fait encadrer.

— Ça ne fait rien...

L'automne s'attarde plus que de raison. Le soleil semble ne plus vouloir céder sa place. Ce beau temps qui persiste donne à Marie des envies de départ, de fuite. Elle marcherait sans fin, se perdrait dans les montagnes, boirait à l'eau des ruisseaux. Partir sans connaître sa destination, ni le temps qu'il faudra pour arriver quelque part, n'importe où, sans s'inquiéter de ce qui adviendra ou n'adviendra pas.

C'est dans cette disposition d'esprit, le regard ébloui par la lumière des feuillages et le bleu du ciel, qu'elle arrive chez le grand-père de Raphaël.

La veste grand ouverte sur un vieux chandail élimé, les cheveux en bataille et la casquette de travers, Jérémie dépose sa brouette remplie de bois pour l'accueillir.

— Bonjour, monsieur. Je ne sais pas si vous vous souvenez de moi…, commence Marie.

— Mais bien sûr ! Appelez-moi Jérémie, je vous en prie. Je suis content de vous revoir.

Son regard franc et vif fait rougir Marie. Elle a du mal à regarder cet homme droit dans les yeux. Une flamme étrange éclaire ses pupilles. Des filaments d'or forment une étoile autour de l'iris bleu-gris. Ils confèrent à son visage une clarté limpide.

— J'ai une petite surprise pour Raphaël. Est-ce qu'il est aux alentours ?

— Vous le trouverez dans sa cabane.

Marie tourne la tête vers la bicoque qui sert de refuge au jeune garçon. Ses jambes tremblotent. La tâche qui l'attend risque d'être difficile et elle ne sait trop comment aborder l'adolescent. L'enjeu est important. Si Raphaël n'accepte pas de lui révéler ce qu'il sait, elle restera à jamais dans l'ignorance. Comment pourra-t-elle le faire parler, lui inspirer confiance, lui faire comprendre à quel point elle a besoin de son aide ? Et surtout, comment pourra-t-elle se faire pardonner son intrusion dans son repaire ?

Jérémie a repris les manchons de la lourde brouette. Il s'éloigne sans poser de question. Marie ne pourra pas rester ainsi plantée au milieu de la cour plus longtemps. Elle se met donc en marche, reprenant un peu d'assurance à chacun de ses pas.

La porte de la cabane est entrouverte.

Le garçon sursaute en apercevant cette visiteuse inattendue. Il donne même l'impression de vouloir disparaître. Dans ses yeux passe un nuage sombre. Son chien, roulé en boule à ses pieds, ouvre un œil et grogne. D'un geste discret, son maître le fait taire et l'animal se rendort, rassuré.

— Bonjour ! lance Marie avec enthousiasme.

Raphaël est une petite bête sauvage qu'il lui faut apprivoiser. Si elle l'effarouche, il se retirera dans son mutisme et elle ne pourra plus rien lui soutirer.

— Tu es bien installé, dis donc ! Tu permets que je te dérange quelques instants ?

L'adolescent acquiesce d'un hochement de tête. Marie considère ce simple geste comme une première victoire.

— En fait, j'ai quelque chose pour toi. Tu te rappelles mon amie, la jeune femme qui m'accompagnait quand nous nous sommes rencontrés dans la montagne ?

Sans prononcer une parole, Raphaël opine du menton.

Marie ne se décourage pas. Le garçon ne lui a pas tourné le dos, comme elle le redoutait. Elle finira bien par l'amadouer. Jusque-là, il se méfie, bien sûr, mais ce n'est qu'un enfant. Il doit bien y avoir une faille dans sa carapace par laquelle elle pourra se faufiler. Confiante, elle continue donc son monologue.

— C'est une photographe professionnelle, tu sais. Elle a voyagé partout dans le monde pour prendre des photos. On peut même admirer plusieurs de ses chefs-d'œuvre dans les plus grands magazines.

Malgré lui, le garçon a écarquillé les yeux. Une réaction fugace qu'il maîtrise aussitôt pour reprendre son air renfrogné.

— L'autre jour, elle n'a pas pu résister à l'envie de prendre une photo de toi et de ton chien. Regarde ! N'est-ce pas magnifique ?

Cette fois, le jeune Raphaël ne peut retenir une exclamation. La photo, en effet, est une réussite. On y voit l'adolescent et son chien, deux silhouettes marchant d'un même pas dans un sentier qui donne l'impression de mener à l'infini. Un peu flou, avec des tons bleutés, l'arrière-plan se dessine en un tableau impressionniste aux couleurs d'automne.

— Tu l'aimes ? demande Marie.

— Oui.

— Alors, elle est à toi. Et si tu le souhaites, on pourra la faire encadrer.

Heureuse d'avoir enfin arraché un son à l'adolescent, Marie continue à examiner la photo avec lui. Du coin de l'œil, elle cherche le couteau et l'aperçoit.

— Je peux la montrer à mon grand-père ?

— Mais bien sûr ! Je t'attends ici.

Le garçon sort précipitamment, suivi de son chien.

Pendant son absence, Marie extirpe le couteau de sous l'établi et l'examine avec attention. Il n'y a pas de doute possible. C'est bien le couteau manquant de Régis Nantel. Alors qu'elle réfléchit à la manière d'aborder la question avec Raphaël, celui-ci revient, accompagné de son grand-père. Marie n'a pas le temps de remettre le couteau à sa place.

— Quelle magnifique photo ! lance Jérémie. Votre amie est une grande artiste.

Marie sourit, mais son attention se porte surtout sur Raphaël. Celui-ci regarde le couteau. Chaque trait de son visage trahit un sentiment de peur. À l'évidence, quelque chose l'effraie.

Marie décide de crever l'abcès en feignant de ne pas avoir remarqué son malaise.

— Excuse-moi, mon grand, mais quand j'ai aperçu ce couteau, je n'ai pas pu m'empêcher de le prendre dans mes mains. Il est superbe ! C'est une œuvre d'art. Peux-tu me dire où tu l'as trouvé ? J'aimerais bien rencontrer l'artisan qui l'a fabriqué. Quelqu'un t'aurait-il fait un cadeau ?

Devant le mutisme du garçon et son attitude figée, Jérémie décide d'intervenir.

— Tu ne m'avais pas parlé de ce couteau. J'aimerais bien savoir, moi aussi, où tu l'as trouvé.

Aucun reproche dans sa voix. Juste une invitation à se confier, sans crainte d'être puni ou jugé.

Buté, l'adolescent hausse les épaules.

— Dans la montagne, marmonne-t-il. Par terre.

— Tu as vu quelqu'un, ce jour-là, dans la montagne ? s'informe Marie.

— Oui... Toi...

— Tu m'as vue ? Tu es sûr ?

— Oui. Tu cueillais des champignons.

— Et tu as vu quelqu'un d'autre ?

— Non.

La dernière réponse résonne dans la cabane comme un coup de canon. Raphaël a soudain élevé la voix. Son grand-père esquisse un geste pour l'apaiser, mais le garçon tourne les talons et se précipite à l'extérieur. Pressé de le suivre, son chien fonce sur Marie, qui a juste le temps de s'enlever de son chemin.

— Je suis désolée... Je ne voulais pas le perturber.

— Je comprends, mais maintenant vous allez tout me raconter.

Jérémie a parlé avec autorité. Sa détermination et sa volonté de comprendre ce qui se passe ne laissent aucune issue à Marie. Le grand-père de Raphaël ne lui permettra pas de se dérober.

À la fois résignée et soulagée, Marie lui relate les faits, dans le moindre détail. Elle étale ses doutes, présente quelques hypothèses, sans rien lui cacher ni de ses craintes ni de ses regrets. Sans trop savoir pourquoi, elle se sent en sécurité avec cet homme et n'hésite pas à s'abandonner. Ses secrets seront bien gardés, elle en est persuadée.

— Mon petit-fils nous a menti, conclut Jérémie à la fin de son long exposé.

— Je crois que vous avez raison...

— Oui, je le connais bien. Sa vive réaction de tout à l'heure l'a trahi. Il a sans doute vu Régis Nantel, ce jour-là, mais il doit craindre d'être accusé de quelque chose s'il en parle. Il n'a pas eu la vie facile jusqu'à maintenant. Je regrette de le dire, mais malgré tous mes efforts, il ne fait confiance à personne, même pas à lui-même.

— Je suis désolée, répète Marie.

— Ce n'est rien, je vais lui parler. Je comprends que cette histoire vous hante et que vous souhaitiez connaître la vérité. Je ferais la même chose si j'étais à votre place.

Alors qu'elle remercie chaleureusement son hôte pour sa compréhension et son empathie, le téléphone de Marie vibre dans son sac à main. Après s'être excusée, elle s'éloigne de quelques pas pour répondre.

Au bout du fil, son frère semble à bout de souffle. Il parle d'une voix haletante.

Marie doit le faire répéter pour bien saisir de quoi il est question.

— J'arrive ! dit-elle finalement.

Pour se donner le temps de reprendre son calme, elle remet le cellulaire dans son sac puis se tourne vers Jérémie. Elle a blêmi.

D'un signe de la main, le grand-père de Raphaël la congédie en affichant son sourire le plus compatissant.

Il a compris qu'il y avait urgence.

Chapitre 18

À l'hôpital, les corridors semblent interminables. Marie avance en ayant l'impression affolante de reculer. Les numéros de chambre lui jouent des tours. Ils devraient monter plus rapidement. Ils se moquent d'elle.

Quand elle pénètre enfin dans la pièce sombre où son père repose, le visage livide, elle ralentit la cadence, soudain incapable de se rapprocher du malade. Elle fait quelques pas hésitants, puis s'arrête. Son frère se tient au pied du lit. Il triture la couverture de flanelle, rapiécée par endroits.

— Qu'est-ce que tu as fait ? lui demande Marie sur un ton hargneux.

Elle est à bout de patience, à bout de sollicitude, à bout de tout ce qui n'est pas sa peur et sa colère.

— Pas si fort, tu vas le réveiller.

Marie avale sa salive. La sensation d'étouffer.

Elle saisit le bras de Michel et le secoue avec exaspération. Son frère se dégage d'un coup sec.

— Qu'est-ce que tu as encore fait ? Dis-moi ce qui s'est passé.

— Rien, je n'ai rien fait. Je suis passé le voir et il s'est senti mal pendant que j'étais là. Je l'ai fait transporter ici. On s'occupe de lui.

Et toi, où étais-tu ? Il paraît que tu n'es pas venue le visiter depuis une bonne semaine. Il s'inquiétait.

Marie secoue la tête, incrédule. Son frère ne lui dit pas la vérité. Il a dû harceler leur père, jusqu'à ce que celui-ci ne se sente pas bien. Et voilà qu'il tente de la blâmer plutôt que de reconnaître ses torts. Il a toujours été comme ça. Rejeter la faute sur les autres, c'est sa spécialité.

Trop en colère pour continuer cette discussion, Marie s'approche plutôt de son père et lui prend la main. Sa moiteur la rassure. La vie continue à circuler dans ce vieux corps fatigué.

Sans ouvrir les yeux, Roland Gadouas presse les doigts de sa fille. Il l'a reconnue. Maintenant qu'elle est là, il va dormir profondément, sans s'inquiéter du prochain souffle, de la prochaine douleur.

Quand son père se réveille, quelques heures plus tard, Marie est seule avec lui. Michel est parti pendant qu'elle-même somnolait. Des sons lui parviennent, indistincts, des voix, des grincements de roues de chariots, des plaintes, des tintements de vaisselle, bref, des bruits familiers à ceux qui ont fréquenté un hôpital.

Main dans la main, le père et la fille traversent la nuit, sans parler, en respirant à l'unisson, l'une entraînant l'autre dans les gestes de survie.

Au petit matin, Roland Gadouas va mieux. Son état reste préoccupant, mais il sourit et ne souffre plus. Une immense fatigue le colle cependant à ses draps. Son corps décharné pèse lourd soudain. Lever le bras ou bouger la tête représentent des exploits irréalisables, mais il sourit.

Le médecin se fait le plus rassurant possible. Toutefois, il ne peut garantir que le pire est passé, car, bien évidemment, le pire est à venir.

— Il est fragile, explique-t-il à Marie qu'il a prise à part. Je ne m'inquiète pas trop pour aujourd'hui, ni pour demain, mais compte tenu de son grand âge, il faut lui épargner les efforts physiques ou de trop grandes émotions. Son corps est usé. Il capitule plus vite devant les écueils.

— Je pourrai le ramener à la résidence ?

— Je préfère le garder ici un jour ou deux. Ensuite, on pourra discuter de ce qui sera le mieux pour lui. Qu'en pensez-vous ?

Marie acquiesce et retourne auprès de son père.

Il ne l'a pas entendue venir et se tient la tête basse, les épaules affaissées. En le voyant si démuni et vulnérable, Marie s'accable de reproches. Elle n'aurait pas dû passer une longue semaine sans lui rendre visite. Elle aurait dû sermonner Michel bien avant, être plus sévère avec lui, plus directe, et lui interdire d'ennuyer leur père. C'était son devoir d'aînée. Le vieillard lui fait penser à un arbre séculaire et solitaire, dont les branches se seraient brisées les unes après les autres, malmenées par le vent et les intempéries. Un vieil arbre qui n'a plus rien pour se protéger des dangers et sur lequel les tempêtes s'acharnent.

— Tu peux aller te reposer.

La voix de Roland Gadouas est si faible que Marie devine les mots plus qu'elle ne les entend. Elle se penche vers son père.

— Ne t'en fais pas pour moi, dit-elle. J'ai dormi cette nuit. Je ne suis pas fatiguée. Et je veux rester près de toi.

Le malade ferme les yeux. Ce simple échange l'a épuisé. Après quelques secondes, il regarde sa fille de nouveau.

— Je voudrais que tu ailles te reposer. Je dormirais mieux si je te savais chez toi, à ton aise. Cette chaise est trop inconfortable.

Marie voudrait protester, le rassurer, le convaincre qu'elle va bien, mais cette discussion n'aurait pour effet que d'affaiblir davantage le vieil homme. Roland Gadouas est un être indépendant, qui n'a toujours compté que sur lui-même et qui a dissimulé le plus possible ses faiblesses, tout au long de sa vie. Elle comprend qu'il supporte mal sa vulnérabilité, et surtout de devoir la vivre constamment sous le regard de sa fille.

— D'accord, dit-elle en lui caressant la main. Je vais chez moi prendre une douche et manger une bouchée pendant que tu te reposes. Mais tu ne pourras pas m'empêcher de revenir cet après-midi.

— Ce soir, plutôt. La nuit me fait peur...

Cet aveu bouleverse Marie. La fragilité de son père l'émeut aux larmes. Et qu'il se confie ainsi, sans faux-fuyant, mettant de côté son amour-propre, lui fend le cœur.

— Je ne te laisserai pas seul. Nous traverserons la nuit ensemble, autant de nuits qu'il le faudra, je te le promets.

Après l'avoir embrassé en retenant ses larmes, Marie sort de l'hôpital. Elle avance à grands pas, comme si elle forçait ainsi le temps à passer plus vite. Elle vient de quitter son père, mais elle voudrait déjà revenir auprès de lui. Le vent qui s'est levé la ralentit, mais elle fonce tête baissée et résiste à l'envie de rebrousser chemin.

Elle est à peine assise derrière le volant que retentit la sonnerie du téléphone. Son père la réclame-t-il déjà? Irait-il plus mal? Inquiète, elle répond précipitamment.

— Oui. Que se passe-t-il?

— Je m'excuse de vous déranger, mais je ne sais plus trop vers qui me tourner. J'ai pensé que vous pourriez peut-être m'aider.

Il n'a pas eu besoin de se nommer. Dès les premiers mots, elle a reconnu la voix de Jérémie, le grand-père de Raphaël.

— Vous ne me dérangez pas. Mais comment avez-vous eu mon numéro?

— Par votre amie photographe, celle qui a signé la photo que vous avez donnée à mon petit-fils. J'ai trouvé son site Web et je lui ai laissé un message. Elle m'a répondu aussitôt. J'espère que ça ne vous ennuie pas.

— Non, pas du tout. Que puis-je faire pour vous? Vous semblez inquiet.

— Raphaël n'est pas rentré. Je ne l'ai pas revu depuis qu'il s'est enfui, hier, en votre présence.

– Quoi ! Il a passé la nuit dehors ?

La nouvelle la déconcerte. En deux clignements d'yeux, elle a déjà imaginé le jeune garçon pris dans un piège, enlevé, blessé. Avec ce temps exécrable, à ne pas mettre un chien dehors ! En respirant à fond pour se calmer, elle s'efforce de mettre les choses en perspective. Raphaël est un enfant débrouillard, autonome, que la solitude n'effraie pas. Il était troublé, certes, quand il est parti la veille, mais il est trop intelligent pour avoir fait des bêtises. De plus, son chien est avec lui.

– Oui. Je l'ai cherché pendant plusieurs heures, puis je l'ai attendu toute la nuit, mais il ne s'est pas montré. Vous savez où il aurait pu aller ? Vous connaissez la montagne mieux que moi...

Jérémie est rongé par l'inquiétude. Sa voix tourmentée le trahit.

Marie aimerait pouvoir le rassurer. Pour cela, elle doit garder la tête froide.

– Avez-vous appelé la police ?

– Pas encore. De toute façon, ils vont conclure à une fugue et me suggéreront de patienter en attendant son retour. C'est la procédure habituelle.

– Laissez-moi un peu de temps pour réfléchir. Je passe chez moi me changer et je vous rejoins. À deux, nous trouverons bien.

– Merci.

Une immense reconnaissance transpire dans ce simple petit mot. Marie est consternée. Autant par le désarroi de Jérémie que par la disparition de Raphaël. S'il est arrivé malheur à ce garçon, elle ne se le pardonnera jamais. C'est sa faute s'il s'est enfui. Elle l'a acculé au pied du mur avec ses questions et il a pris peur. Elle doit le retrouver sain et sauf, sinon la culpabilité la hantera jusqu'à la fin de ses jours.

Après une douche et un café bien corsé, elle s'apprête à se rendre chez Jérémie. Par simple précaution, elle fourre dans son sac à dos une bouteille d'eau, un peu de nourriture, un chandail plus chaud et une petite trousse de premiers soins. La voilà prête pour une battue qui pourrait durer plusieurs heures.

À vrai dire, et même si elle s'en défend, plus le temps passe, plus son inquiétude augmente. En effet, l'affolement mal dissimulé de Jérémie l'atteint maintenant de plein fouet, et avec de plus en plus d'intensité à mesure que la réalité la rattrape.

Il ne doit rien arriver à Raphaël. Il n'arrivera rien à Raphaël. Elle se répète ces petites phrases comme des mantras pour chasser le mauvais sort. Il n'arrivera rien à Raphaël parce que ce serait trop douloureux. Insupportable. Comme perdre son fils une deuxième fois. Les enfants ne devraient jamais disparaître avant leurs aînés. Leur mort crée trop de désordre dans les cœurs et les âmes.

Pressée d'agir, convaincue qu'elle seule pourra sauver ce garçon, elle monte dans son auto, prête à se battre, déterminée. La fatigue s'est envolée. Elle ne ressent plus que l'urgence de retrouver l'adolescent en fuite. Car il ne peut s'agir que d'une fugue. Rien d'autre. Il le faut.

Alors qu'elle entame la marche arrière, un coup de klaxon la fait sursauter.

En regardant dans le rétroviseur, elle reconnaît l'auto de Stéphanie, stationnée derrière la sienne.

La jeune femme quitte son véhicule et se précipite vers elle.

— J'ai appris pour ton père. Je ne pouvais pas ne pas venir. Est-ce qu'il va mieux ?

Marie hésite une seconde, guère plus.

— Si tu permets, je monte avec toi. Nous allons chez Raphaël. Je t'expliquerai en route.

Le ton est impératif, empreint d'une gravité inhabituelle. Sans exiger de plus amples explications, Stéphanie remonte dans son auto et met le moteur en marche.

Après l'avoir rejointe, Marie lui relate les récents événements. La maladie de son père, d'abord, puis la disparition de Raphaël, l'inquiétude de Jérémie, la sienne.

— Il faut retrouver ce garçon, conclut-elle.

Après avoir pris le temps d'assimiler ces nouvelles troublantes, Stéphanie essaie de faire le point en réfléchissant à voix haute.

— Il s'est enfui à cause du couteau, c'est évident, parce que tu lui parlais de Régis. Il a eu peur. Je ne sais pas pourquoi, mais quelque chose ou quelqu'un lui fait peur. Tu as raison : il faut absolument le retrouver. Il ne peut pas être allé bien loin. Sais-tu si son grand-père a vérifié dans la montagne ? Tu m'avais parlé d'une grotte, près de l'endroit où tu as cueilli les chanterelles. Il s'est peut-être réfugié là-bas...

Marie saisit le bras de la conductrice.

Surprise, celle-ci relâche son attention et l'auto oscille. D'un coup de volant, elle la ramène dans le droit chemin, pendant que Marie, indifférente au danger, ne cesse de la féliciter.

— Tu es un génie ! La grotte, bien sûr ! Tu es un vrai génie !

— Quand même... N'exagérons rien.

Stéphanie fait la modeste et ce petit jeu les détend. N'empêche, la jeune femme est heureuse d'avoir pensé à la grotte.

— D'où t'est venue cette idée lumineuse ? Je suis vraiment étonnée que tu te sois souvenue de cet endroit. J'en ai à peine glissé un mot.

— Je sais, mais les grottes me fascinent et je m'étais promis de revenir pour l'explorer.

— Tu seras déçue, j'en ai bien peur. J'ai un peu exagéré. Il s'agit davantage d'un abri sous un rocher que d'une véritable grotte.

— Bof ! L'important, c'est que le garçon y soit.

Après avoir transmis leur plan à Jérémie qui, de son côté, doit terminer d'explorer les rangs des alentours en questionnant les personnes susceptibles d'avoir aperçu son petit-fils, les deux femmes entreprennent leur randonnée.

Elles doivent lutter contre un vent soutenu qui fait valser la frondaison des plus grands arbres et tourbillonner les feuilles mortes. Des craquements inquiétants leur font souvent lever la tête. Les érables se plaignent, des branches se frappent les unes contre les autres. N'importe quand, un tronc emporté par la tourmente pourrait s'abattre sur elles. Marie n'est pas rassurée. Par contre, cette météo menaçante rappelle à Stéphanie certains endroits du monde où elle a côtoyé le danger pour ne rapporter parfois qu'une seule photo, mais la bonne.

— Je te laisse passer devant, dit la jeune femme. Tu connais mieux l'endroit que moi.

Stéphanie ne le dit pas, mais en cédant le passage à sa compagne pour ensuite la suivre, elle espère pouvoir la protéger. Elle préfère de beaucoup avoir un œil sur elle, plutôt que de la devancer. Elles iront ainsi au rythme de la plus âgée.

Ce jour-là, parcourir ce sentier si agréable par beau temps ressemble à un duel, un face-à-face dont on ne peut prédire le gagnant. Fouettée par une bourrasque, Marie passe près de trébucher à deux reprises. Elle se raccroche à la dernière minute à une branche. Chaque fois, Stéphanie a ouvert les bras, prête à la retenir.

Cette excursion, qui aurait dû leur prendre une trentaine de minutes, dure presque une heure. Finalement, Marie retrouve la sente secrète, à peu près à mi-montagne. Les deux femmes s'y engagent, en espérant trouver le jeune Raphaël sain et sauf. En espérant surtout que leur instinct ne les a pas trompées.

Le dos courbé et la tête baissée, elles avancent en évitant le plus possible les branches qui leur griffent le visage ainsi que celles qui jonchent le sentier. Parce que le feuillage d'un grand arbre déraciné par le vent camoufle l'entrée de la grotte, Marie passe tout droit. Par chance, grâce à certains indices, elle réalise vite son erreur et rebrousse chemin. Les deux femmes restent silencieuses. De toute façon, les fortes rafales couvrent les sons.

D'un geste, Marie indique l'obstacle important qu'elles doivent enjamber pour atteindre la grotte. Ensemble, elles se mettent à l'ouvrage et réussissent au prix de grands efforts à dégager suffisamment d'espace pour se glisser sous le rocher.

— Il est là ! crie Stéphanie, la première à s'aventurer à l'intérieur.

Elles doivent avancer à genoux et s'éraflent la peau aux parois.

Raphaël les regarde venir vers lui sans réagir, sans manifester la moindre surprise. Il est assis près de son chien dont la tête repose sur ses cuisses. L'animal ne bouge pas lui non plus. L'arrivée des étrangères le laisse indifférent, un comportement tout à fait inhabituel chez cet animal protecteur.

– Que s'est-il passé ? demande Stéphanie.

Elle vient d'apercevoir un filet de sang qui sort de la gueule de la pauvre bête.

– Il est mort. Un arbre est tombé sur nous.

La voix de Raphaël ne trahit aucune émotion, seulement une immense fatigue. Comme s'il avait lutté pendant des heures contre la Grande Faucheuse et avait perdu son combat.

Les deux femmes s'agenouillent près de lui et posent leurs mains sur le grand chien blond. Il ne respire plus, en effet. La chaleur l'a quitté.

Dehors, le vent mugit de plus en plus fort, arrachant au passage d'autres arbres. Les géants fléchissent et s'abattent dans un craquement lugubre.

– Il faudrait qu'on s'en aille, murmure Marie.

Par respect pour la pauvre bête et pour son maître endeuillé, elle n'ose pas élever la voix.

– Je crois qu'on peut attendre un peu, lui répond Stéphanie en désignant du menton le garçon recueilli.

Ils restent là tous les trois, tels des veilleurs. La tristesse de Raphaël fait peine à voir. Ce chien était son ami, son confident, le seul être peut-être en qui il avait confiance. Malmené par la vie, l'adolescent oubliait ses tourments en caressant son chien, en explorant avec lui des contrées sauvages. Il aimait se perdre avec son compagnon, marcher là où personne n'avait marché, en rêvant de partir un jour pour découvrir le monde et oublier.

Après une heure d'attente dans cet abri improvisé, elles constatent que le vent semble se calmer. Il y a bien quelques bourrasques parfois, mais de plus en plus espacées.

– On n'a pas le choix maintenant. Il faut partir d'ici.

Avec toute la délicatesse dont elle est capable, Marie pose une main compatissante sur l'épaule de Raphaël.

Il la regarde avec une telle insistance qu'elle a le sentiment qu'il va lui révéler un secret.

— Je ne peux pas laisser mon chien ici. Je veux l'enterrer dans le jardin de mon grand-père.

Les deux femmes se concertent du regard. Elles comprennent le désarroi du garçon, mais transporter cet animal jusqu'au bas de la montagne ne sera pas facile.

— Allons-y ! lance Stéphanie. En unissant nos forces, on va y arriver.

Après plusieurs tentatives infructueuses, ils finissent par trouver la meilleure façon de s'y prendre. Raphaël se charge de l'arrière-train, la partie la plus lourde de l'animal, tandis que Marie et Stéphanie soulèvent les épaules et la tête. Au début, ils ont du mal à accorder leurs pas, mais, peu à peu, ils adoptent un rythme commun qui leur convient.

À deux reprises, Marie manque de tomber en glissant sur une racine mouillée. Chaque fois, elle évite la chute de justesse. La fatigue commence à se faire sentir. Son corps de sexagénaire a beau être en forme, il souffre de partout. Ses épaules et son dos, surtout, lui causent une vive douleur, mais elle ne se plaint pas. Ils ont parcouru la moitié du chemin et elle veut absolument exaucer le vœu exprimé par Raphaël de ramener son chien à la maison.

Or, malgré sa bonne volonté, elle sait bien qu'elle ne pourra pas tenir encore très longtemps. Quelques minutes plus tard, elle est sur le point de lâcher lorsqu'un homme apparaît au détour du sentier. C'est avec une joie immense qu'elle reconnaît Jérémie. Celui-ci accourt vers eux. Il ne demande rien, trop heureux et soulagé d'avoir retrouvé son petit-fils sain et sauf. Il serre l'adolescent dans ses bras et tous les deux échangent un regard qui en dit long sur l'affection qu'ils se portent. Les explications viendront plus tard. Pour l'instant, seuls comptent l'enfant et sa peine. Jérémie s'empresse de remplacer les deux femmes, et la triste procession se remet en route.

Stéphanie est déçue de ne pas pouvoir assister à la petite céré-monie que prépare Jérémie pour dire au revoir au fidèle ami de son petit-fils. Elle doit aller chercher Noé chez sa mère. Toutefois, Raphaël lui-même insiste auprès de Marie. Il aimerait beaucoup qu'elle reste.

— Je regrette de tout mon cœur, lui explique celle-ci. Je suis venue avec Stéphanie et je dois repartir avec elle, sinon je vais me retrouver à pied.

— J'irai vous reconduire dès que ce sera terminé, promet Jérémie.

Marie hésite quelques secondes, puis elle accepte cet arrangement.

Jérémie creuse une tombe dans le champ derrière la maison. Pendant ce temps, Raphaël lave son compagnon à quatre pattes sans se presser, avec des gestes lents, sans doute pour demeurer avec lui le plus longtemps possible. Petit à petit, les traces de sang et de boue disparaissent et le pelage redevient impeccable. De son côté, Marie cueille les quelques fleurs qu'elle peut trouver et en fait un bouquet.

Ils enroulent ensuite le chien dans une couverture et le déposent avec précaution au fond du trou. Jérémie extirpe un harmonica de sa poche et joue quelques mesures d'une tristesse infinie. Il s'empare ensuite de la pelle et commence à recouvrir le cadavre de terre.

— Attends ! lance Raphaël.

Les deux adultes sont convaincus qu'il réclame un peu de temps, un dernier moment de recueillement, mais à leur grande surprise le garçon court vers son cabanon, où il pénètre en vitesse. Quand il en ressort, il tient dans ses mains le couteau de couleur émeraude.

Revenu près de la tombe, il lance le bel objet au fond du trou puis prend l'autre pelle et s'empresse de jeter de la terre par-dessus. L'ustensile n'est bientôt plus visible.

Perplexe, Marie n'ose pas intervenir. Pourtant, une envie féroce de s'emparer du couteau avant qu'il ne disparaisse pour de bon la tenaille. Perspicace, Jérémie devine ses intentions. Il lui adresse alors un signe discret de la main, la priant ainsi de patienter. Marie comprend le message et réfrène son élan. En jetant le couteau, Raphaël veut sans doute se libérer d'un poids. Elle en convient volontiers. Or, elle aimerait expliquer au garçon que sa démarche ne sera pas complète tant qu'il n'aura pas révélé ce qu'il sait. Désormais, il ne pourra plus se taire sans risquer de se perdre dans les remords et les regrets. De cela, Marie est convaincue, et elle compte sur cette certitude pour découvrir un jour la vérité. L'adolescent parlera quand il sera prêt. Elle attendra.

— Il faudrait que je parte maintenant. Je dois me rendre à l'hôpital ce soir. Mon père a besoin de moi.

Même si Raphaël semble rébarbatif, Marie le serre dans ses bras et l'embrasse sur le front.

— Je suis désolée pour ton chien. Je sais que tu viens de perdre ton meilleur compagnon. Il va te falloir du courage pour surmonter cette épreuve.

Le garçon a les larmes aux yeux, mais il se ressaisit.

— Merci de m'avoir aidé, dit-il.

Émue, Marie hausse les épaules. Comment aurait-elle pu faire autrement?

Une fois dans l'auto, elle ressent la fatigue accumulée des derniers jours. Une sensation d'épuisement, autant émotionnel que physique, s'abat sur elle.

Après avoir donné son adresse à Jérémie, elle pose la tête sur l'appuie-tête et ferme les yeux. À peine ont-ils quitté la cour qu'elle s'endort.

Lorsqu'elle se réveille, hébétée, l'automobile s'arrête devant chez elle.

— Ai-je vraiment dormi ?

— En tout cas, ça m'en avait tout l'air.

Le ton moqueur de Jérémie la met mal à l'aise. Elle sent le besoin de s'excuser.

— C'est la première fois que ça m'arrive. Je n'ai jamais pu dormir en auto. Je ne comprends pas... Je suis désolée.

— C'est la fatigue. Vous en avez pris beaucoup sur vos épaules, au propre et au figuré. J'espère que vous aurez le temps de vous reposer avant de vous rendre à l'hôpital.

— Une bonne douche et ça ira mieux.

Jérémie en doute, mais il n'insiste pas.

En le regardant s'éloigner, Marie éprouve un sentiment étrange. Encore estomaquée d'avoir dormi, elle se demande ce qui, chez cet homme, lui inspire une telle confiance. Même avec Julien, avec qui elle a vécu plus de quarante ans, elle n'a jamais pu se résoudre à somnoler en voyage, et ce, malgré des distances parfois interminables. Sans doute émane-t-il de Jérémie une quiétude sereine et une authenticité rassurante dont elle a besoin en ces temps troubles de sa vie.

Chapitre 19

Maquillée avec soin afin de dissimuler sa fatigue à son père, Marie se présente à l'hôpital à vingt et une heures, ce soir-là.

Roland Gadouas dort paisiblement quand elle arrive. Il ne se réveille qu'une heure plus tard, alors qu'elle-même allait sombrer dans les bras de Morphée.

— Tu es venue...

— Mais bien sûr ! J'espère que tu n'en as pas douté un seul instant.

— Est-ce que Michel est là ?

— Non. Il a dû passer cet après-midi pendant ton sommeil. Il n'aura pas voulu te réveiller.

Elle invente une belle histoire pour ne pas peiner son père. Il souffre depuis toujours de l'attitude de son fils, de son manque d'empathie, lui qui en a à revendre.

— Veux-tu l'appeler ? J'aimerais qu'il vienne. Je voudrais lui parler.

L'idée ne lui plaît guère, mais Marie n'ose pas décevoir le vieil homme. Il souhaite avoir son fils auprès de lui et ce désir est légitime. Elle se promet néanmoins de ne pas laisser Michel blesser leur père une fois de plus. Sinon, elle le mettra elle-même à la porte. Elle en serait capable.

Pour une rare fois, son frère arrive rapidement. Il s'est toujours fait un honneur de se présenter en retard, où qu'il aille. Il est même convaincu que de se faire attendre contribue à son charme, et il n'a jamais compris pourquoi sa sœur s'entête à lui reprocher son manque de ponctualité, une qualité qu'il méprise.

De toute façon, en l'observant ce soir-là, Marie n'aurait pas eu le cœur de le blâmer pour quoi que ce soit. En effet, le regard qu'il pose sur leur père malade est si plein de remords et si implorant qu'elle aurait plutôt envie de le prendre dans ses bras, comme elle le faisait quand ils étaient enfants. Combien de fois a-t-elle consolé ce jeune frère insoumis et désarmé, malgré ses fanfaronnades ! Combien de nuits passées à le rassurer, jusqu'à ce qu'il s'endorme sur son épaule ! Combien de mensonges pour le protéger, lui éviter une punition bien méritée !

— Tu veux nous laisser seuls ? Ce ne sera pas long...

Son père lui sourit en lui adressant cette requête. Un sourire triste, mais débordant d'affection.

Marie se retire après avoir échangé un regard lourd de sens avec son frère. D'un hochement de tête, il la rassure. N'empêche, elle ne peut se libérer d'une inquiétude persistante. Qu'y a-t-il donc de si pressant ? Pourquoi son père souhaitait-il ce tête-à-tête avec son fils ? Maintenant, ce soir, alors qu'il aurait davantage besoin de repos que de confrontation. Marie déteste les pensées qui roulent dans sa tête, pareilles à des tsunamis destructeurs. Elle n'aime pas ce sentiment d'urgence qui émane de la démarche de son père. De plus, l'attitude repentante de Michel la bouleverse. Les deux hommes auraient-ils pressenti un malheur ? Savent-ils déjà ce qu'elle s'entête à ignorer ? Ont-ils conscience de cette échéance qu'elle repousse de toute son âme ?

Quand Michel vient la chercher dans la salle d'attente, une demi-heure plus tard, il semble plus serein.

— Nous avons fait la paix, dit-il.

Puis le frère et la sœur s'installent auprès de leur père, de chaque côté du lit. Ils vont affronter la nuit ensemble, comme ils l'ont fait si souvent, mais cette fois, il n'y aura pas de secrets, aucune faute à dissimuler. Rien qu'un vieil homme à accompagner jusqu'au bout de sa vie.

Roland Gadouas s'éteint à l'aube, dans la douceur de l'heure bleue, juste avant le lever du soleil.

En embrassant son front, Marie sent le souffle froid de la mort lui effleurer le visage. Le frère et la sœur se recueillent un long moment au chevet du défunt. Puis les pratiques d'usage en de telles circonstances se mettent en branle. Marie se sent de trop, bousculée. Elle aurait aimé demeurer ainsi dans le silence feutré de la chambre, dans l'odeur de son père. Le courage lui manque pour affronter sa perte. Pas maintenant. Demain peut-être.

On ne lui laisse pas le choix, cependant. Démuni, Michel n'arrive pas à répondre adéquatement aux questions qu'on lui pose. En plus du reste, elle devra prendre soin de lui.

— Je vous conseille de rentrer chez vous et de vous reposer. Les jours qui viennent risquent d'être accaparants et épuisants. Nous allons nous occuper de votre père. Ne vous inquiétez pas.

L'infirmière a posé une main compatissante sur le bras de Marie. Celle-ci acquiesce à sa proposition. Elle n'a plus la force de s'opposer à quoi que ce soit. Elle est si fatiguée.

Sitôt rentrée chez elle, elle prend une douche puis s'étend sur son lit avec pour seul vêtement la serviette dans laquelle elle s'est enroulée. Quelques minutes plus tard, un sommeil profond, sans rêve, s'empare d'elle. Elle sombre dans l'inconscience, oublie tout, n'entend rien, ni les autos qui circulent dans sa rue, ni le voisin qui souffle ses feuilles, ni la pluie qui, en soirée, tambourine à la fenêtre, ni même la sonnerie du téléphone. Elle disparaît, s'évapore, n'existe plus. Et cet intermède lui fait un bien immense.

Quand elle se réveille, plusieurs heures plus tard, l'obscurité est presque totale.

Il lui faut faire un effort pour se rappeler. Mais elle ne se presse pas. Les contours brumeux du quotidien tardent à prendre forme et elle s'en accommode très bien. Cet état d'engourdissement dans lequel elle se complaît pendant de longues minutes lui permet de remonter à la surface en douceur, sans rien brusquer, en ménageant son corps éreinté et son esprit troublé. La mémoire lui revient petit à petit. Elle replace les pièces du puzzle une à une, jusqu'à ce que la réalité reprenne ses droits.

Au moment où elle décide de se lever, prête à affronter l'épreuve qui l'attend, on frappe à la porte.

Sa montre indique vingt heures. Trop tard pour une visite de courtoisie.

En jetant un coup d'œil par la fenêtre, elle reconnaît l'auto de Julien, éclairée par le réverbère. Soudain, elle a une envie irrépressible de se blottir dans les bras de son mari. Lui seul connaît tout de sa vie, tout de ses morts. Leur mort. Personne d'autre ne la comprendra mieux que cet homme. Son homme.

Dès qu'elle lui ouvre la porte, Julien lui tend les bras. Elle n'hésite pas une seconde à s'y réfugier. Il la presse contre son cœur qui bat la chamade. Dans le malheur, ils se retrouvent. Marie ne passera pas la nuit toute seule.

Dès le lendemain, les obligations qui lui incombent la forcent à remiser ses états d'âme. Les devoirs filiaux se précipitent. Il faut décider, remplir des formulaires, s'inquiéter de détails insensés. Marie s'en acquitte de son mieux, en chérissant la mémoire de son père, et sans oublier de veiller sur son frère qui semble perdu au cœur de ces turbulences. Julien souhaitait rester auprès d'elle. Il lui a offert son aide, son soutien. Mais elle a préféré remplir seule son rôle d'aînée, sans rien demander à personne. Elle a donc gentiment congédié son mari, beaucoup trop bouleversée pour prendre une décision au sujet de leur relation. Malgré tout, elle accepte volontiers qu'il l'accompagne aux funérailles.

Lorsqu'elle se présente à la coopérative funéraire, appuyée au bras de son mari, Stéphanie est la première à la serrer contre son cœur. La jeune femme aurait aimé avoir l'occasion de revoir le grand-père de Jonathan avec qui elle avait créé autrefois une belle complicité. Il est trop tard maintenant, et elle regrette son manque de vigilance. Pour l'heure, elle salue Julien en ne sachant trop quelle attitude adopter. Conscient du malaise, celui-ci s'excuse et se dirige vers un couple d'amis.

Après avoir confié son frère à Stéphanie, en lui demandant de veiller à ce qu'il se comporte dignement, Marie fait le tour des connaissances et parents éloignés. Elle aperçoit son amie Francine au fond de la salle, et cela la touche. Sa complice de toujours se tient à l'écart. Elle semble vouloir passer inaperçue, mais sa présence réconforte Marie. Leur brouille n'aura peut-être été que passagère, après tout. Au fond de la salle se sont aussi rassemblés quelques partenaires de cartes de son père. Malgré leurs nombreux handicaps, ils se sont imposé ce déplacement, parce qu'ils tenaient à accompagner leur vieux compagnon dans son dernier voyage, à lui dire au revoir avant de le quitter pour toujours.

Marie se laisse porter par les paroles de réconfort qu'on lui adresse. Un peu absente, à la fois en marge et néanmoins dans une totale proximité affective avec tous ces gens, elle ne saurait dire qui les a prononcées, mais elle les reçoit avec gratitude. Le petit discours qu'elle a préparé en hommage au défunt tire des larmes à plusieurs personnes. Michel a insisté pour choisir la musique, et les invités quittent la pièce au son du classique *Plaisir d'amour*. Malgré elle, Marie esquisse un sourire. Elle entend son père fredonner cette chanson qu'il adorait, la seule qu'il connaissait d'un bout à l'autre. Son frère a eu raison.

Pendant que les gens se dispersent, Marie remercie à gauche et à droite, en espérant que les oubliés ne lui en voudront pas. À sa grande surprise, son amie Ginette, celle-là même qui ne l'a pas invitée à son anniversaire, se dirige vers elle. Elle vient sans doute tout juste d'arriver, car Marie aurait remarqué sa présence si elle avait été là pendant la cérémonie.

– Bonjour, ma belle Marie, dit-elle en l'embrassant. Je m'excuse de n'être pas venue plus tôt.

– Ça ne fait rien. Tu es là maintenant...

– Je sais bien que ce n'est pas le moment, mais je veux m'excuser également pour toutes ces cachotteries. Notre amitié méritait mieux que ça.

– Tu penses à ton anniversaire ?

– Oui, et à la raison pour laquelle je me suis tenue éloignée de toi ces derniers temps.

– Que veux-tu dire ?

– Maxime... Ton mari...

Marie met quelques secondes à comprendre. Maxime ! Mais oui ! Elle aurait dû faire le rapprochement bien avant. La filleule de Ginette s'appelle Maxime, un nom très rare pour une jeune fille. Son amie lui en a parlé plusieurs fois, et avec beaucoup de fierté. Une jeune femme à qui tout réussit, au dire de sa marraine. Et au charme de qui Julien a succombé. Maxime, la maîtresse de son mari, la filleule de Ginette. Tout s'explique...

– Tu savais ?

– Oui, et j'ai été lâche. J'aurais dû t'en parler plutôt que de te tenir à distance.

– Tu étais prise entre l'arbre et l'écorce...

Ginette hoche la tête, soulagée que son amie comprenne le dilemme devant lequel elle se trouvait. Elle devait nécessairement trahir quelqu'un. Elle a choisi de rompre un lien d'amitié plutôt que de sang. Et elle le regrette.

Après s'être enlacées de nouveau, les deux amies se séparent.

Il est temps de partir.

Marie cherche Julien du coin de l'œil, mais elle ne le trouve pas et s'en réjouit. À cet instant précis, elle aurait beaucoup de mal à le regarder en face en dissimulant son mépris. Elle se dirige donc vers la sortie après avoir jeté un dernier regard vers la dépouille de son père. Pour elle, le temps n'est pas encore venu de lui faire ses adieux. Pour cela, il lui faudra être seule avec ses souvenirs, seule avec sa mémoire chagrinée. Le deuil à venir ne lui fait pas peur, mais elle veut le vivre à sa manière, au jour et à l'heure de son choix, histoire de ne pas laisser le mauvais sort décider à sa place.

Éblouie par le soleil dès ses premiers pas à l'extérieur, elle ne voit pas tout de suite Jérémie qui l'attendait. Il n'a pas osé assister à la cérémonie. Selon lui, un parfait étranger n'avait rien à faire dans cette histoire familiale. Par contre, il tenait à assurer Marie de son soutien et de sa sympathie.

— Je suis heureuse de vous voir !

Les mots lui ont échappé. Parler de bonheur en de telles circonstances paraît certes inconvenant, mais le sentiment de joie que Marie éprouve en apercevant le grand-père de Raphaël est trop puissant pour qu'elle résiste à l'envie de l'extérioriser.

Surpris, Jérémie esquisse un sourire.

— Je tenais à être là.

— Merci.

— Je voulais également vous transmettre un message de la part de Raphaël.

— Comment va-t-il ?

— Il va mieux.

— Lui aussi a un deuil à faire.

— Il voudrait vous parler quand vous aurez le temps.

— J'aimerais y aller maintenant.

Étonné, Jérémie regarde autour de lui. On les observe. Il aperçoit Stéphanie, qu'il salue de la main. Puis un homme les rejoint. Il vient vers eux d'un pas déterminé, agressif. Le regard courroucé de Julien n'intimide guère Jérémie, mais il tient à ce que rien ne vienne troubler la quiétude fragile de Marie.

Celle-ci les présente l'un à l'autre sans donner d'autre détail que leur nom et sans lever les yeux vers son mari.

— Tu montes avec moi ? demande Julien. On nous attend à la résidence pour un dernier adieu. Tu ne peux pas ne pas venir.

Les vieux amis de Roland Gadouas ont insisté pour recevoir la famille dans la cafétéria de la résidence après la cérémonie. En toute simplicité, ont-ils précisé.

Marie ne répond pas. Elle en est incapable. Elle ne peut plus prendre de décision. Désespérée, elle se tourne vers Jérémie, le suppliant du regard. Empathique, celui-ci devine son désarroi sans en comprendre la cause. Il la rassure.

— Vous devez y aller, dit-il. C'est important...

— D'accord, acquiesce Marie. Je vous rejoins juste après la petite réception.

— Nous allons vous attendre le temps qu'il faudra.

Marie ne comprend pas l'urgence qui l'habite. Bien sûr, elle est impatiente d'entendre Raphaël. Ce qu'il veut lui dire a forcément un rapport avec la mort de Régis Nantel. Mais il y a plus. Soudain, la maison de pierre de Jérémie et de Raphaël, avec ses volets bleus, lui semble le seul endroit où elle pourra refaire ses forces. Le seul lieu où vivre lui paraîtra supportable.

— Tu viens ? insiste Julien, avec une impatience dans la voix qui trahit son irritation et son inquiétude.

Après avoir réfléchi, il a pris une décision sur laquelle il ne reviendra pas. Son aventure n'était que cela : une aventure sans lendemain. Même après s'être creusé la tête et avoir analysé la question sous tous les angles, il ne comprend toujours pas quel démon s'est emparé de son esprit. Comment a-t-il pu être infidèle à la femme de sa vie ? Il n'a jamais aimé personne d'autre que Marie et il souhaite passer le reste de ses jours avec elle. Or, malgré une séparation somme toute assez brève, celle-ci mène maintenant une existence parallèle dont il ne connaît rien. Qui est donc ce Jérémie avec qui elle semble si bien s'entendre ? Et pourquoi n'a-t-il pas été mis au courant du retour de Stéphanie ? En quelques semaines, un mur de secrets s'est élevé entre lui et son épouse, et il se demande comment il pourra l'abattre et reconstruire ce qui a été détruit.

Marie le suit sans grand enthousiasme et en gardant une bonne distance entre eux. Heureusement, Stéphanie les accompagne et elle possède le don d'entretenir une conversation sans jamais aborder le cœur du problème, en donnant ainsi à chacun le temps de se ressaisir. Une fois arrivée à la résidence pour personnes âgées, Marie la prend à part pour lui annoncer la nouvelle.

— Je vais me rendre chez Raphaël tout à l'heure. Il veut me parler.

Stéphanie se croise les doigts et lève les yeux au ciel.

— Peut-être auras-tu enfin la clé de l'énigme !

— Je le souhaite.

— Tu me tiendras au courant ?

— Bien sûr ! Je t'appelle demain matin, sans faute.

Chapitre 20

Bien qu'épuisée, Marie prend le temps de se changer. Pas question d'arriver chez Jérémie en habit de deuil. Trop de morts jonchent cette histoire. Les dernières semaines lui ont paru une longue rubrique nécrologique criblée de trous blancs. Des cases vides à remplir.

En arrivant chez Raphaël et son grand-père, elle remarque, pour la première fois, sur la boîte aux lettres, un nom à moitié effacé : Bourdages. Jusque-là, elle ignorait le nom de famille de Jérémie et ne s'en était pas étonnée ni inquiétée. Ce détail superflu ne lui manquait pas. Son prénom lui suffisait.

Ses hôtes la reçoivent avec beaucoup de chaleur. Parce qu'il vient de perdre un ami, Raphaël devine aisément le chagrin de Marie. Il le ressent très vivement et s'en trouve un peu intimidé, mais son trouble et sa sollicitude, loin d'être embarrassants, sont plutôt apaisants. Marie se sent comprise.

— Tu vas rester souper avec nous, bien sûr.

Cette invitation la touche beaucoup. Depuis quelque temps, chaque parole, chaque geste d'affection l'atteint droit au cœur, comme si elle ne possédait plus aucune protection. À fleur de peau. L'âme à vif.

— Je n'ai pas très faim...

— En t'attendant, j'ai fait des petits gâteaux. Grand-père m'a aidé.

Du menton, Raphaël pointe son œuvre étalée sur le comptoir. Ses yeux brillent comme la neige au soleil de janvier. Mille pépites d'argent scintillent dans son regard.

— Alors, c'est entendu, je reste !

Marie esquisse un sourire, alors qu'elle croyait ne plus pouvoir sourire avant des lustres. Toutefois, elle n'oublie pas la raison de sa présence dans cette maison. Raphaël souhaitait lui parler. Elle ne veut pas le brusquer, mais sa patience et sa curiosité sont mises à rude épreuve. Elle soupire donc de soulagement lorsque le garçon lui demande de s'asseoir et de l'écouter.

Jérémie s'installe un peu plus loin, dans un coin de la pièce d'où il peut voir valser les feuilles des érables dans la cour. Bientôt, les arbres dénudés accueilleront l'hiver. Un autre hiver. Souvent, Jérémie a craint de ne pas réussir à traverser la saison froide. Cette fois, elle lui apparaît moins redoutable. Comme si une flamme intérieure le réchauffait. Peut-être parce que l'automne s'attarde... Il y voit un signe.

— Je t'écoute, dit Marie pour encourager le garçon qui semble ne pas savoir par où commencer.

— Promets-moi de ne pas parler tant que je n'aurai pas fini.

Marie lève la main. Elle le jure.

— D'abord, il faut que tu saches que je n'aurais jamais rien dit si mon chien n'était pas mort. Maintenant, ça n'a plus d'importance.

— Je t'écoute, répète Marie.

Raphaël lui jette un regard désapprobateur. Elle n'a pas tenu sa promesse.

Marie baisse la tête et soupire, repentante. Cette fois, elle a compris.

— Ce jour-là, j'étais dans la montagne avec Vagabond. C'était le nom de mon chien, mais je n'avais jamais besoin de l'appeler parce qu'il était toujours là. Je me rendais à la grotte, mais je t'ai vue arriver et je me suis caché. Je n'aime pas parler aux gens dans la montagne. J'ai l'impression qu'ils me volent quelque chose, que cette montagne m'appartient et qu'ils n'ont pas le droit d'être là.

Le récit de l'adolescent est truffé de digressions. Marie aimerait qu'il aille droit au but, mais elle ne veut pas le bousculer. Et surtout, il lui faut tenir sa promesse de se taire.

— Quand j'ai vu que tu resterais là un bon moment pour cueillir des champignons, j'ai décidé de rebrousser chemin et de revenir plus tard. C'est en redescendant que j'ai aperçu l'homme qui est mort ce jour-là. Régis Nantel, je crois ? En tout cas, c'est le nom qu'on lui a donné à la radio.

Marie opine de la tête sans prononcer un mot.

— Je me suis caché, reprend Raphaël, et je l'ai observé. Il avait l'air de chercher quelqu'un. Il tenait le couteau vert dans sa main. Puis je l'ai entendu murmurer : «Où est-elle, nom de Dieu ! Il n'y a pas mille sentiers sur cette colline. J'aurais dû la trouver déjà...» Alors, j'ai compris qu'il te cherchait. À part moi, il n'y avait que toi et lui dans la montagne. J'aurais pu sortir de ma cachette et lui dire où tu étais, mais je n'étais pas rassuré. Il me faisait peur avec son couteau et il avait un drôle d'air. De plus, Vagabond grognait en sourdine et je me suis toujours fié à son instinct. S'il n'était pas content, si cet homme lui inspirait de l'aversion, c'est que je devais m'en méfier. Vagabond savait à qui il pouvait faire confiance. J'avais toutes les peines du monde à le faire taire. Je devais le tenir par le cou pour le calmer et l'empêcher de trahir notre présence.

Marie a blêmi. Elle ne sait pas où le garçon veut en venir, mais ce qu'il lui raconte confirme ce qu'elle avait deviné. À cause de son obsession maladive pour son projet de livre, Régis avait décidé de se débarrasser d'elle. À moins qu'il n'ait voulu lui faire peur, sans plus, une hypothèse qu'elle préfère de beaucoup à la précédente.

Sans dire un mot, Jérémie lui apporte un verre d'eau. Il s'inquiète pour elle, qui paraît si vulnérable, si fragile soudain. Il aimerait la prendre dans ses bras et la rassurer, mais il ne veut pas interrompre son petit-fils, de crainte que celui-ci ne se taise à jamais. Malgré son trouble évident, Marie a besoin de connaître la suite.

Sur un signe de son grand-père, Raphaël reprend son récit.

– Je l'ai suivi. Je ne sais pas pourquoi, je ne le saurai jamais, mais je n'ai pas pu m'en empêcher. Il est passé devant le sentier secret qui mène à la grotte, mais il ne l'a pas vu. Quand il est arrivé en haut de la montagne, il s'est arrêté pour reprendre son souffle et observer les environs. Il se tenait au bord de la falaise, où de grosses racines sortent de terre. Je ne vais jamais si près du bord. C'est dangereux. Mais lui s'est approché autant qu'il a pu. Il regardait en bas, à droite, puis à gauche. Il te cherchait, je pense, parce que je l'ai entendu parler tout seul de nouveau. On aurait dit qu'il grognait. « Je ne suis pas venu ici pour rien, quand même ! Je dois la trouver, bordel ! C'est ma seule chance ! » À ce moment-là, j'ai marché sur une branche et il s'est retourné. J'ai eu peur. Je tenais Vagabond de mon mieux, mais sous le coup de la surprise, je l'ai lâché. Il est parti comme une comète. Je n'ai rien pu faire pour le retenir. En le voyant, l'homme a brandi son couteau. Vagabond s'est alors arrêté tout net, comme s'il était surpris et évaluait le danger. Je suis certain qu'il voulait seulement vérifier à qui il avait affaire. Mais ce couteau lui a fait peur et l'a stoppé dans son élan. L'homme s'est mis à hurler et à faire de grands gestes pour le chasser. Je suis sorti de ma cachette en courant et je lui ai crié : « Mon chien n'est pas dangereux ! N'ayez pas peur ! » Vagabond était déjà revenu vers moi, mais l'homme était comme fou ! Il a trébuché sur une racine en s'énervant. Il a voulu se rattraper à une branche sèche, mais elle s'est cassée et il est tombé. J'étais trop loin ; je n'ai pas pu l'aider. Peut-être... Si j'avais couru... Si j'avais essayé de le retrouver...

À cette étape de son récit, Raphaël manifeste une grande nervosité. Il déglutit, a du mal à retrouver une respiration normale. Estomaquée par ce qu'elle vient d'apprendre, Marie imagine sans difficulté le poids immense que cet épisode traumatisant fait peser sur le garçon. À la fois bourrelé de remords et désireux de protéger son fidèle ami, il se trouve confronté depuis des jours à un dilemme cruel et insoluble.

— Mais pourquoi as-tu gardé ce secret si longtemps ? intervient Jérémie. Pourquoi ne pas m'en avoir parlé quand c'est arrivé ? J'aurais compris. J'aurais pu t'aider.

Le pauvre homme semble accablé. Il aurait souhaité prendre sur ses épaules ce drame trop grand pour un enfant de treize ans. Si seulement son petit-fils s'était confié à lui…

— J'avais peur qu'on emmène Vagabond à la fourrière et qu'on s'en débarrasse. Les gens auraient pensé qu'il était méchant et ils l'auraient tué. Je ne pouvais pas parler. C'est pour cette raison aussi que j'ai ramassé le couteau que cet homme avait laissé tomber en perdant pied. Pour qu'on ne sache pas… Maintenant, Vagabond est mort. Ça n'a plus d'importance. Plus personne ne peut lui faire de mal.

Marie se lève et tend les bras vers le garçon. À sa grande surprise, Raphaël vient aussitôt se blottir contre elle.

— Merci de m'avoir tout raconté, murmure-t-elle à son oreille. Il t'a fallu beaucoup de courage pour affronter cette tragédie seul comme un grand. Et tu sais quoi ? Tu m'as peut-être sauvé la vie…

Le garçon se dégage. Il est intimidé par le sérieux de Marie, mais ses yeux brillent.

— C'est grâce à Vagabond, dit-il. Il savait reconnaître les méchantes personnes.

Émus, Marie et ses hôtes gardent le silence. L'essentiel semble avoir été dit. Tels que racontés par Raphaël, les événements se tiennent. Bien sûr, aux yeux de Marie, l'intention de Régis de se débarrasser d'elle ne peut s'expliquer que par un épisode de pure folie. Elle n'arrive pas à comprendre et ne comprendra probablement jamais. Mais maintenant, cela lui importe peu. Ce qui compte, c'est de rassurer Raphaël et de lui permettre de se libérer des images et de la peur qui l'ont hanté pendant des jours.

En se retournant, elle constate que Jérémie l'observe avec bienveillance. Son regard la rassure. D'un mouvement discret, presque imperceptible, elle se rapproche de lui. Elle a besoin d'entrer dans l'aura de bonté qui l'entoure.

— Cette terrible histoire a tout de même un bon côté, dit-il. Elle nous a permis de nous rencontrer.

Marie sourit. Jérémie a raison. Ils se sont trouvés et elle en éprouve un profond apaisement. Sans qu'elle puisse se l'expliquer, cet homme la sécurise. Elle trouve dans cette nouvelle amitié une sérénité qui amoindrit l'impact négatif des récentes semaines. Du même coup, elle réalise que Julien ne lui apporte plus cette quiétude, cette paix essentielle qui permet de résister aux aléas de la vie.

— J'ai trouvé un ami, dit-elle sans regarder ni Jérémie ni son petit-fils.

Ainsi, chacun a l'impression qu'elle parle de lui.

Deux jours plus tard, Marie reprend presque mot pour mot le récit de Raphaël, au profit de Stéphanie. Sa jeune amie secoue la tête, éberluée.

— J'avais imaginé un tas de scénarios, dit-elle, mais jamais celui-ci. Que vas-tu faire maintenant ?

— Rien. Je vais oublier tout ça et reprendre ma vie en main. J'ai mieux à faire que de me morfondre. Cette histoire est terminée. Je l'ai rangée loin dans mon esprit et je compte bien ne plus jamais la laisser ressurgir. Elle a déjà pris trop d'importance. Maintenant, je suis prête à réparer ce qui a été brisé.

— Tu ne vas pas en informer la police ?

— Jamais de la vie ! Et j'espère pouvoir compter sur ton silence. Il n'est pas question que j'oblige Raphaël à replonger dans ce cauchemar. Il n'y a pas de coupable dans ce drame. Rien que d'immenses et déplorables malentendus.

Stéphanie hoche la tête en guise d'assentiment. Elle comprend la réaction de Marie, même si la sienne aurait été différente. Mais sans doute n'est-elle pas suffisamment impliquée pour se prononcer sur la question. Elle décide plutôt d'appuyer sa belle-mère sans réserve.

— Je ne dirai rien. Je le jure.

Rassurée, Marie la remercie pour son soutien.

– J'ai un service à te demander.

– Bien sûr. De quoi s'agit-il ?

Marie lui indique une boîte de carton sur la table. Elle y a déposé le manuscrit de Régis Nantel.

– Voudrais-tu remettre ce colis à Pierre-Luc ? Ce n'est pas à moi qu'incombe la responsabilité de poursuivre l'œuvre de son oncle. Il va comprendre, je l'espère. Sinon, tant pis !

– Avec plaisir !

Lorsqu'elle se retrouve seule, Marie monte à l'étage et s'assoit à son bureau. Elle prend ensuite un crayon et dresse une colonne de chiffres dans un cahier. Elle fixe ensuite cette feuille où se joue son avenir. Dans les jours qui viennent, elle aura d'importantes décisions à prendre. Elle doit le faire de façon réfléchie, en ayant tous les paramètres à l'esprit.

Chapitre 21

Pour éviter des éclats de voix, des supplications ou des colères mal contenues, Marie a préféré que la rencontre se passe en présence d'un avocat. Parce que cette personne d'un grand professionnalisme lui inspire confiance, elle a choisi maître Brousseau, une jeune femme d'une grande beauté que Stéphanie lui a présentée et recommandée. Alors qu'elle pourrait en tirer avantage, l'avocate ne mise pas sur son apparence. Au contraire, elle est habillée avec goût, mais sans ostentation.

La consultation vient juste de commencer, et déjà, Marie remarque que Julien ne peut détacher son regard de cette jeune femme éblouissante. En son for intérieur, elle se congratule. Inconsciemment, parce qu'elle connaît bien son mari, elle a misé sur cette attirance inévitable pour alléger l'atmosphère.

— Voilà, commence maître Brousseau en s'adressant à Julien. Votre femme vous a fixé ce rendez-vous afin de mettre les choses au clair entre vous.

— Je demande le divorce, annonce Marie. J'ai bien réfléchi et je ne reviendrai pas sur ma décision. J'espère que nous pourrons nous entendre à l'amiable, sans trop de déchirements.

Julien écarquille les yeux. Bien sûr, il se doutait de la raison de ce rendez-vous, même s'il espérait de tout cœur se tromper.

Toutefois, la détermination de sa femme le bouleverse. De son côté, Marie attend sa réaction avec impatience. Elle est sûre d'elle, absolument persuadée de prendre la bonne décision. Elle espère que son mari verra les choses du même œil.

Après un long silence et quelques soupirs, Julien la rassure.

Il pressentait ce dénouement. Il a trompé sa femme, même s'il l'aime toujours. Comment le lui faire comprendre, alors que lui-même ne trouve aucune explication sensée à son comportement ? Pendant un bref instant, il a espéré qu'elle lui pardonnerait, tout en sachant que c'était impossible.

— Si c'est vraiment ce que tu veux, je suis d'accord. Ne t'en fais pas, je ne te mettrai pas de bâtons dans les roues. Tu as été, et tu es toujours, trop importante à mes yeux pour que je cherche à te nuire de quelque façon que ce soit.

Marie a du mal à retenir ses larmes. Quand Julien lui touche le bras, tout son corps frissonne.

— Merci, murmure-t-elle, incapable d'en dire davantage.

Deux semaines plus tard, une fois réglées les formalités, Marie se retrouve seule chez elle, dans cette maison dont elle est maintenant l'unique propriétaire. Seule, mais sereine. Elle a bien dormi, ce qui ne lui était pas arrivé depuis des lustres. Certes, elle dispose de moins d'argent qu'auparavant, mais elle a un toit sur la tête, de quoi se nourrir et se garder au chaud avec, en prime, une liberté de mouvement et d'esprit qui la comble. Bien qu'elle ait atteint la mi-soixantaine, elle ne pourra plus songer à une retraite complète avant quelques années, mais cela ne la dérange pas. Elle aime son métier, et maintenant que les épreuves sont derrière elle, elle pourra s'y remettre avec un nouvel enthousiasme.

Pour fêter sa quiétude retrouvée, elle se verse un thé puis, les deux mains autour de la tasse bien chaude, elle écoute sa musique préférée. Les danses hongroises de Brahms réveillent chez elle des sentiments contradictoires mais fertiles en émotions, se situant à mi-chemin entre la nostalgie et la félicité. Elle n'éprouve ni amertume ni tristesse. Sa capacité d'émerveillement est demeurée intacte.

Par la fenêtre, elle aperçoit un merle qui s'attarde, malgré le temps maussade et les signes d'un hiver imminent. Peut-être a-t-il décidé de rester ici et d'affronter la saison froide, comme certains de ses congénères. Marie l'observe un moment, puis elle écoute les premières gouttes de pluie qui tambourinent sur les vitres. Elle a l'impression de se trouver dans un nid confortable, dont elle sortira autre, meilleure, plus belle.

La sonnerie du téléphone la tire de sa rêverie.

Jérémie est au bout du fil. Il l'invite au cinéma. Un film qu'elle avait l'intention d'aller voir.

Une seconde d'hésitation, une toute petite seconde.

Puis elle plonge hors du cocon douillet. Elle déploie ses ailes, prête à s'envoler.

— Bien sûr ! Avec grand plaisir ! À tantôt !

De la même auteure

Un trop long hiver, Les Éditions La Presse, 1980.

Rythmes de femme, Maison des Mots, 1984.

La Guerre des autres, en collaboration avec Jean-Pierre Wilhelmy, Les Éditions La Presse, 1987; Septentrion, 1997.

De père en fille, en collaboration avec Jean-Pierre Wilhelmy, Septentrion, 1989 (nouvelle édition en 2012, coll. « HAMAC » classique, Septentrion)

« L'Université de Sherbrooke, son rayonnement littéraire et artistique », codirectrice, *Cahiers d'études littéraires et culturelles,* n° 12, Université de Sherbrooke, 1990.

« Chanson pour Ilse », *Mœbius,* n° 48, printemps 1991.

La Très Noble Demoiselle, Libre Expression, 1992.

« Les romancières de l'histoire », *Recherches féministes,* printemps 1993.

Laure Conan. La romancière aux rubans, XYZ éditeur, coll. « Les grandes figures », 1995.

Le médaillon dérobé, XYZ éditeur, 1996.

La Route de Parramatta, Libre Expression, 1998.

Thana. La fille-rivière, Libre Expression, 2000.

Les Chats du parc Yengo, Éditions Pierre Tisseyre, coll. « Conquêtes », 2001.

Thana. Les vents de Grand'Anse, Libre Expression, 2002.

Les Pumas, Éditions Pierre Tisseyre, coll. « Conquêtes », 2002.

La Promesse. La route de l'exode, Libre Expression, 2004.

Où sont allés les engoulevents ?, Libre Expression, 2005.

Le Retour du pygargue, Trécarré Jeunesse, 2007.

Comme plume au vent, Libre Expression, 2007.

La Chanson de l'autour, Trécarré Jeunesse, 2008.

Kila et le gerfaut blessé, Trécarré Jeunesse, 2008.

Eliza et le petit-duc, Trécarré Jeunesse, 2009.

La Communiante, Libre Expression, 2010.

L'UQROP. Sauver le monde un oiseau à la fois, L'Union québécoise de réhabilitation des oiseaux de proie (UQROP), 2012.

Ces oiseaux de ma vie, édité par Louise Simard, 2013.

La Malédiction. 1. Le hameau des Fourches, Les Éditions Goélette, 2015 ; (réédition Les Éditions Coup d'œil, 2017).

La Malédiction. 2. Au confluent des rivières, Les Éditions Goélette, 2015 ; (réédition Les Éditions Coup d'œil, 2017).

La Malédiction. 3. Le cri de l'épervier, Les Éditions Goélette, 2016 ; (réédition Les Éditions Coup d'œil, 2017).